DIE

BRAUT

DES

KÖNIGS

© 2022, christine Stutz

Herstellung und Verlag:

BoD – Books on Demand, Norderstedt

ISBN: 9783756201129

1.KAPITEL

„Du wirst ihn heiraten. Punkt Schluss aus mit der Diskussion!" Gilbert zog drohend seine Augen zusammen und sah finster auf seine Schwester herunter, die, die Arme in die Hüften gestemmt, kampfbereit vor ihm stand. „Arthur ist bereits hier im Schloss um seine Braut zu holen! Doch statt dich herauszuputzen und dich mit ihm bekannt zu machen, stromerst du lieber durch die Gegend!" Die Tränen seiner Schwester ließen Gilbert leise aufseufzen. „Es ist doch nur zu deinem Besten, Violetta. Die beste Partie, die du machen kannst!"

„Du meinst wohl, die du machen kannst!" Violetta stampfte wütend mit dem Fuß auf, ihre schweren Stiefel hallten auf dem glänzenden Steinboden, hinterließen eine Spur von Dreck und Erde. Sie verzog angewidert ihr Gesicht. „Du! Und nur Du! Du schlägst zwei Fliegen mit einer Klappe! Wirst mich jetzt endlich los und sicherst außerdem den Frieden an der Grenze von Arthurs und deinem Reich! Ein fester Wall gegen die Barbaren!" Wieder kamen Violetta die Tränen. „Ich will diesen dämlichen Arthur nicht heiraten. Ich hasse ihn!"

Woher willst du dass wissen! „Du kennst ihn ja nicht einmal!" donnerte ihr Bruder jetzt laut durch den langen Saal, und sah mit Befriedigung, wie die Dienerschaft erschreckt das Weite suchte. „Lerne ihn erst mal kennen, und sieh ihn dir erst einmal an!" Sein zorniger Blick wurde plötzlich zärtlich und ging zu seiner jungen Frau, die jetzt den Saal betrat. Sofort änderte sich der Ausdruck in seinem Gesicht, wurde besorgt, als sie, wegen ihrer Schwangerschaft, schwerfällig zu ihm kam. Er erhob sich sofort und reichte ihr seine Hand.

„Nein, ich kenne den Kerl nicht, aber was ich zu hören bekam, reicht mir allemal! Nur weil du dich mit dem Blödmann angefreundet hast, soll ich darunter leiden!" Schrie Violetta ebenso laut zurück. Dann wandte sie ihren Kopf und lächelte ihrer Schwägerin liebevoll zu. „Hallo Danielle, wie geht es dir und meiner Nichte?" fragte sie leise. Liebevoll küsste sie der jungen Frau auf die Wange. Dann wandte sie sich wieder ihrem Bruder zu, ihre Stimme wurde wieder energisch. „Vergiss deinen dummen Plan, Bruder! Ich lasse mir keinen Mann vorschreiben! Unser Vater wird mir Recht geben!" schrie sie wieder laut durch den Saal. Wieder stampfte sie mit dem Fuß auf.

Doch jetzt zog Gilbert seine Augen zusammen und hob drohend die Hand. „Es reicht, verdammt nochmal! Du wirst ihn heiraten. Entweder das oder du gehst in ein Kloster! Es reicht mir mit dir! Du bist fast 18 Jahre und immer noch ohne Mann! Unser Vater ist viel zu nachlässig mit dir! Sieh dir Danielle an! Sie ist ebenso alt wie du, und sie erwartet meinen Thronfolger!"

„Es wird ein Mädchen" Widersprach Violetta zornig. Sie wusste, damit konnte sie ihren Bruder reizen. Dann seufzte sie. Sie wusste, im Moment konnte sie an der sturen Haltung ihres Bruders nichts ändern. Resigniert zuckte sie mit ihren Schultern. „Wie eine so liebenswerte Frau wie Danielle es mit so einem groben Klotz wie dir aushält ist mir mehr als schleierhaft!" schloss sie wütend. Sie raffte die Röcke ihres alten, oft geflickten Kleides zusammen und sah bittend zu ihrer Schwägerin, doch diese schüttelte leicht ihren Kopf. Violetta verstand, hier konnte diesmal auch Danielle nichts mehr ausrichten. „Ziehe dich bitte um, Arthur wird dich heute zum Abendbrot erwarteten. Ich will dich heute Abend in vernünftiger Kleidung sehen!" Gilbert beugte sich nun zu seiner Frau herüber, ein Zeichen, dass Violetta den Saal verlassen konnte. Sie hob ihre Röcke und rannte laut fluchend durch das Schloss in den großen Garten des alten Gutes.

An die alte Mauer gelehnt, die das riesige Gebäude seit Generationen schützte, schloss sie ihre Augen und wischte sich ärgerlich mit dem Ärmel die letzten Tränen fort. Es war vielleicht das letzte Mal, dass sie hier stehen würde. Wieder seufzte sie. Das letzte Mal, dass sie ihre Freiheit genießen konnte.

Jetzt also war es eine beschlossene Sache. Sie, Violetta Alexandra von Hohenfels, musste Arthur heiraten. König Arthur von Beneford, den Kerl, den ihr Bruder vor einem Jahr kennengelernt hatte, als beide ihre Reiche erfolgreich gegen die Barbaren verteidigt hatten. Noch immer schüttelte es Violetta, wenn sie an die Bedrohung zurückdachte. Die Barbaren waren weit ins Landesinnere vorgedrungen, hatten Dörfer und Felder geplündert, wahllos Menschen getötet. Ihr Bruder Gilbert hatte verbissen gekämpft, doch die Barbaren überrannten das Land. Schon schien alles verloren, als, wie vom Himmel gesandt, Arthur von Beneford, König des Landes westlich von Hohenfels ihrem Bruder zu Hilfe geeilt war. Danielle und Violetta hatten zu der Zeit bereits das Land verlassen, waren von der treuen Dienerschaft in Sicherheit gebracht worden. Erst nach einigen Monaten waren sie hierher zurückgekehrt, da war Arthur bereits wieder abgereist. Ihr Bruder und dieser Arthur waren jedoch weiterhin in Kontakt geblieben, vor zwei Monaten waren Gilbert und Danielle sogar zu ihm gereist, um Arthurs Geburtstag zu feiern. Violetta hatte sich standhaft geweigert, mitzufahren. Jetzt war sie dafür dankbar, denn, was ihre Schwägerin und deren Dienerinnen ihr zugetragen hatten, reichte ihr vollkommen. Sie berichteten von den wilden Gelagen, dem wirklich schmutzigen Schloss und den unmoralischen Sitten dort. Violetta schüttelte sich angeekelt.

Doch ihr Bruder hatte einen Narren an Arthur gefressen, der ihr Reich gerettet hatte. Jetzt war eine Nachricht gekommen, in der Arthur um die Hand von Violetta angehalten hatte. Zuerst hatte sie sich lustig gemacht und laut darüber gelacht, doch dann spürte sie, dass ihr Bruder es wirklich ernst meinte. Entweder, sie würde diesen Mann, von dem sie außer seinem Namen nichts wusste, heiraten, oder Gilbert würde sie in ein Kloster schicken. Diesmal war es also ernst.

„Du heiratest also doch" Eine bittere Stimme ließ Violetta ihre Augen wieder öffnen und in das grimmige Gesicht ihres langjährigen Kinderfreundes blicken. Violetta dachte mit Wehmut an die ganzen Abenteuer zurück, die sie beide erlebt hatten. Sie überlegte einen Augenblick, dann nickte sie. „Leider ja, Gilbert hat mir gedroht. Ich mache mich nicht besonders gut als Nonne" antwortete sie leise grinsend. „Ich würde verrückt, eingesperrt in einem Kloster."

„Lauf mit mir weg, Violetta!" Ihr Jugendfreund hob seine Hand und strich ihr das lange, unordentliche Haar aus dem Gesicht. „Du weißt, ich liebe dich". Er zog ihren Kopf zu sich und wollte sie küssen, doch Violetta machte sich ärgerlich von ihm frei. „Albert, es reicht. Lass den Quatsch! Du bist mein Jugendfreund. Wir haben viel Unsinn unternommen, als wir noch Kinder waren, doch die Zeit ist endgültig vorbei. Ich bin und bleibe leider eine Prinzessin und muss meine Pflicht erfüllen. Ich bin nicht frei." Sie versuchte, seinen Händen auszuweichen, als Albert vollkommen unerwartet, nach ihr griff. Er hielt sie am Rock fest, der sofort riss. Er lachte dreckig und zerrte Violetta zu Boden. Violetta schrie laut auf, als Albert sich auf sie warf, ihren Kopf mit beiden Händen festhielt und sie brutal zu küssen versuchte. Sie hob ihre Hände und schlug ihm panisch ins Gesicht. Doch, außer sich vor Verlangen, schob Albert ihre schweren Röcke hoch und ließ seine Hand an ihrem Bein hochgleiten. Er stöhnte laut auf, griff ihre Hände und hielt sie gewaltsam am Boden fest. Wieder schrie Violetta gellend auf, als Albert ihr Oberteil zerriss und seine Hand sich um ihre Brüste legte.

„Ich werde dich besitzen Violetta. Ich werde der erste sein! Du kannst deinen Traumprinzen heiraten, aber du wirst immer an mich denken!" drohte Albert ihr leise. „Dein Körper, der mich verrückt macht, wird sich meinem Willen beugen." Wieder schrie Violetta gellend auf, Albert, ihr Freund aus Kindertagen, dem sie ihr Vertrauen geschenkt hatte, wollte ihr Gewalt antun.

Plötzlich war Violetta frei. Mit einem dumpfen Aufschrei wurde Albert von ihr heruntergerissen. Dann sah sie Albert weit in den Garten fliegen. „Himmel sei Dank" flüsterte Violetta erleichtert. Sie öffnete ihre Augen und starrte in zwei überaus wütende braune Augen, die sich über sie beugten und sie schweigend beobachteten. Ein ihr unbekannter Mann beugte sich über Violetta und verzog angewidert sein Gesicht.

Albert hatte sich wieder aufgerichtet, griff nach einer Mistgabel und rannte auf dem Mann zu, der Violetta jetzt unsanft auf die Beine zog. Der

Fremde zog sein Schwert und ging drohend auf Albert zu. „Wenn du nicht hier und jetzt sterben willst, Knabe, verschwinde von hier und lass dich nie wieder hier sehen!" sagte er drohend. Albert fluchte. Sein Blick starrte Violetta an, die zusammengekauert auf dem Boden hockte. „Wir sehen uns wieder, Violetta. Verdammt, wir sind noch nicht miteinander fertig." Schrie er. Dann rannte er durch den Garten zu den Unterkünften der Diener.

„Steh auf, Prinzessin!" befahl der Mann nun streng. Violetta schauerte zusammen bei der dunklen Stimme des Mannes. Sie versuchte so gut wie möglich, ihre Blöße zu bedecken, als der Mann sich nun zu ihr umdrehte. „Ich danke ihnen Sir." Sagte sie leise und erschrak, als der Mann sie verächtlich, angewidert musterte. „Keine Ursache, liebste Braut. Jeder Mann ist bestimmt erfreut, seine zukünftige Frau unter solchen Umständen kennenzulernen." Seine Stimme triefte von Ironie und Arroganz. Jetzt verbeugte er sich leicht. „Darf ich mich dir vorstellen, liebste Violetta? Ich bin Arthur von Beneford."

Violetta schrak wie unter einem Schlag zusammen. Krampfhaft hielt sie die Fetzen ihres Kleides fest und versuchte durch die Tränen, die jetzt kamen, und über ihr Gesicht strömten, den riesigen Mann vor sich anzusehen. Sie hatte ihren Bruder schon für groß gehalten, doch Arthur war mindestens noch einen guten Kopf größer. Blond, Breit und muskulös, von vielen Kämpfen durchtrainiert, starrte er auf sie herab. Seine braunen Augen zeigten deutlich die Verachtung, die er für sie hatte. „Halte deinen Mund" sagte er drohend, als Violetta ansetzte, um etwas zu sagen. Schweigend zog er seine Jacke aus und legte sie ihr um die Schultern. Sie versank in dem riesigen Kleidungsstück, das ihr fast bis zu den Knien ging. „Dein Bruder hat dich als moralisch einwandfrei beschrieben, ich denke er weiß nichts von deinem kleinen Privatvergnügen. Deinen kleinen Stelldicheins. Wir werden Gilbert im Ungewissen lassen. Er ist mein bester Freund geworden und ich gab ihm mein Wort, dich zu heiraten, daran werde ich nichts ändern. Ich stehe zu meinem Wort! Aber ich warne dich, Flittchen. Ich dulde solch ein Verhalten nicht bei meiner Frau!" Er griff Violettas Arm und zerrte sie grob durch den Garten zum Schloss zurück. „Gibt es hier einen anderen Eingang? Ich will nicht, dass dich jemand in diesem Zustand sieht. Obwohl ich denke, deine Dienerschaft ist schlimmeres als das hier gewöhnt!" Sarkastisch stieß er die Worte hervor. Violetta riss sich von dem großen Mann los, starrte ihn überaus wütend an und hob ihren Fuß. Wortlos trat sie ihm mit voller Wucht gegen das Schienbein und sah mit Genugtuung, wie er schmerzerfüllt zusammensackte. „Sir, ihr seid ein großer Idiot!" sagte sie wütend. Dann raffte sie ihre Röcke und rannte um das Schloss herum zum Dienstbotentrakt.

2. KAPITEL

„Wie ich sehe, hast du meine Schwester also bereits kennengelernt" Gilbert grinste, als er seinen Freund Arthur humpelnd in den Thronsaal kommen sah. Fluchend schob Arthur sein Hosenbein hoch und betrachtete die Stelle, an der sich bereits ein Bluterguss bildete. „Oh ja, Freund, Danke der Nachfrage." Beide Männer gingen durch den großen Saal und genossen die Wärme des Kamins. Arthur hob schweigend seinen Bierkrug und trank.

„Violetta hat ein ziemliches Temperament. Du wirst eine Menge Arbeit mit ihr haben. Unsere Mutter ist leider zu früh gestorben und Violetta war sich immer selbst überlassen. Oft ist sie noch wie ein Kind, vor allem wenn sie Danielle entwischen und die Gegend unsicher machen kann. Violetta ist vom unschätzbaren Wissendurst und für eine Frau fast zu intelligent. Das hat sie von unserem Vater, der lebt nur für seine Erfindungen und Experimente." Gilbert prostete seinem Freund zu und trank ebenfalls sein Bier. „Du wirst sie besser verstehen, wenn du sie richtig kennenlernst."

Er übersah den bitteren Gesichtszug von Arthur, als dieser sich nun erhob und zum Kamin ging. Dort starrte er in das Feuer. „Oh ja, ich durfte deine Schwester heute Mittag richtig kennenlernen, als ich sie auf dem Hof suchte. Ich habe sie aus einer sehr unangenehmen Situation gerettet, die, wie ich ihr versprach, unter uns bleibt, und als Dank dafür hat sie mich getreten. Deine Schwester hat hier entschieden zu viel Freiheiten genossen, aber das wird sich bei mir ändern." Er verstummte, als Danielle jetzt den Raum betrat und lächelnd ihre Hände hob, um den Freund zu begrüßen. Liebevoll umarmte sie den riesigen Mann, der für sie fast ein Bruder geworden war.

Dann ging ihr Blick fast ängstlich zu ihrem Mann. „Violetta lässt sich leider entschuldigen, geliebter Mann. Sie fühlt sich heute nicht besonders gut." Sagte sie schließlich leise. Sie kam gerade aus Violettas Zimmer und hatte eine trotzige, zornige, laut fluchende Frau, zurückgelassen, die sie unter keinen Umständen so ihrem zukünftigen Mann präsentieren wollte.

Danielle zuckte unter der lauten Stimme Arthurs zusammen, der sich nun umwandte und zornig auf die Tür zuging. „Meine liebe Braut will also gleich zu Anfang mit dem Rebellieren beginnen, ihre Spiele mit mir spielen? Sie muss lernen, dem Manne zu gehorchen. Wo sind ihre Gemächer?" Er griff sich einen der Diener und verließ mit ihm den Saal. Danielle sah angstvoll zu Gilbert, der mit den Schultern zuckte. „Arthur hat Recht. Violetta kann ihm nicht schon jetzt auf der Nase tanzen! Er muss sich gleich zu Anfang durchsetzen." Er setzte sich zu Danielle und nahm seine junge Frau zärtlich in die Arme. „Habe keine Angst um sie, Schatz. Violetta ist eine ziemlich zähe Person. Sie wird wunderbar zu Arthur passen, wenn sie sich mit dem Unvermeidlichen erst einmal abgefunden hat. Arthur wird eine prima Frau bekommen. Glaubst du, ich würde meine Schwester mit ihm verheiraten, wenn ich nicht davon überzeugt wäre, dass sie sich durchsetzen kann?" Gilbert seufzte leise, als Danielle jetzt weinte. Er wischte ihr die Tränen fort. „Arthur braucht eine so starke Frau wie Violetta. Eine sanfte, gutmütige, würde neben ihm verblassen und untergehen." Jetzt stahl sich ein Lächeln auf Danielles Gesicht. „Ich sorge mich ja auch weniger um Violetta als um Arthur." Sagte sie leise grinsend.

„Vater? Hörst du? Ich werde heiraten. Gilbert hat es so beschlossen" Violetta ging vorsichtig durch den Kellerraum und versuchte, möglichst keine der unzähligen Gefäße umzureißen, die überall herumstanden. Sie liebte ihren Vater über alles, er hatte ihr Lesen und Schreiben beigebracht, hatte sie nach dem Tod der Mutter getröstet. Wie viele Tage sie hier bei ihm im Keller verbracht hatte, ihm bei seinen vielen Erfindungen und Experimenten zu gesehen und Abenteuerbücher gelesen hatte. Jetzt hob ihr Vater seinen Kopf und lächelte sie geistesabwesend an. „Ist es schon so weit? Ich weiß, Gilbert erwähnte neulich irgendetwas in der Richtung." Antwortete er und zerstieß ein braunes Pulver in seinem Mörser. „Ist dein Bräutigam denn schon da?" fragte er zerstreut. Violetta seufzte laut und zog ihre Beine an, als sie sich auf die alte Bank setzte. Sie legte ihren Kopf auf die Arme und beobachtete ihren Vater. „Ja, Vater. Arthur ist heute angekommen. Er ist ein riesiger Mann, Vater. Noch größer als Gilbert. Ich will ihn nicht heiraten. Er ist eingebildet, herrisch und ohne jeglichen Respekt vor Frauen. Danielles Dienerin hat mir erzählt, bei der Feier zu der Gilbert und Danielle eingeladen waren, hatte er dem Bier zugesprochen, mit einer Frau auf jedem seiner Knie." Angewidert spuckte Violetta auf den Kellerboden und brachte ihrem Vater damit zum Lachen. „Er ist ein Mann, Violetta. Und einer, der nicht verheiratet ist. Er ist Junggeselle, und frei, seine Erfahrungen zu machen. Es liegt an dir, ihn dir zu erziehen. Du hast es in der Hand, ob er dein oder andere Betten bevorzugt."

Violetta sprang auf und starrte ihren Vater verwirrt an. Der Mann, dem seine Erfindungen und Experimente wichtiger, wichtiger als Staatsgeschäfte waren, der Mann, der alle seine Ämter mit Freuden an seinen Sohn abgegeben hatte, gab ihr solch einen Rat? Wieder grinste ihr Vater, als er in seinem Regal nach einem Buch suchte. „Du weißt doch, wie die Liebe zwischen Mann und Frau funktioniert, oder Kind?" Endlich hatte er das Gesuchte gefunden und reichte es Violetta. „Das war das Lieblingsbuch deiner Mutter. Ich möchte dass du es mitnimmst." Er küsste seine Tochter kurz auf die Stirn. Dann wandte er sich wieder seinem Mörser zu. Violetta wandte sich schweigend ab und verließ leise den Keller. Sie schlich den geheimen Gang hoch und öffnete traurig die Tapetentür zu ihrem Wohnzimmer. Also auch Vater war gegen sie. Er stand auf Gilberts Seite. Vielleicht hätte sie doch Alberts Angebot, zu fliehen, annehmen sollen, überlegte sie, als sie sich auf ihr Bett warf und ihren Tränen freien Lauf ließ. Sie schrie erschreckt auf, als der Schaukelstuhl sich bewegte und ein zorniger Arthur zu ihr herüber kam.

„Was machst du in meinem Zimmer?" fragte sie ihn tonlos, als er sie jetzt fast brutal auf ihre Matratze drückte und ihr Kleid öffnete. „Dein Bruder bat dich, zum Abendessen zu kommen. Er hat auf dich gewartet, ich bin gekommen um mit meiner Braut zu speisen, und du? Du treibst dich herum! Ein allerletztes Techtelmechtel bevor du das Schloss verlässt?" Er riss ihr das Kleid vom Körper und starrte wütend auf sie herab. „Hatte ich dir heute Mittag nicht meine Regeln deutlich gemacht?" Angewidert wandte er sich ab. „Ziehe dir ein vernünftiges Kleid an und kämm dir die Haare, sonst mache ich es für dich. Dein Bruder wartet!" Er griff grob ihren Zopf und löste das Band, das die langen dicken Haare bändigte. Eine Flut rotbrauner Haare ergoss sich über seinen Arm, als er zur Bürste griff. Ohne auf ihre Gegenwehr zu achten, zog er sie zu sich heran und begann ihre Haare zu kämmen. „Dein unmoralisches Benehmen wird sofort ein Ende finden! Dein Bruder glaubt noch immer an deine Unschuld, also lassen wir ihn in dem Glauben!" Er wickelte ihre langen Haare um seinen Arm und zog Violetta unsanft auf seinen Schoß. Seine Hand griff unter ihr Kinn und er bog ihren Kopf zu sich. Brutal legten sich seine Lippen auf ihren Mund und er küsste sie wild. Empört stemmte sie ihre Arme gegen seine Brust und versuchte sich zu befreien, doch seine Hände hielten sie felsenfest. Endlich ließ er von ihr ab. Ihre Lippen brannten, die Augen feucht von Tränen.

Angewidert wischte sie sich den Kuss aus dem Gesicht.

Finster starrten seine Augen sie an. „Nur ein Vorgeschmack an Strafe, wenn du dich weiterhin wie ein Flittchen aufführst" drohte er. Dann griff er in den Schrank und erstarrte, statt Kleider stapelten sich eine Unmenge an Bücher darin. Er drehte sich zu ihr herum. „Du kannst lesen?" fragte er sie ungläubig.

Violetta nickte schweigend. Ihre Hand fuhr über ihre Lippen, die angeschwollen waren. Sie starrte den großen Mann vor sich an, völlig vergessend, dass sie nur in Unterkleidern vor ihm stand. Es war ihr erster Kuss gewesen und fast musste sie weinen, als sie daran zurückdachte, wie romantisch sie sich den vorgestellt hatte. Ihr erster Kuss war brutal und schmerzhaft gewesen. „Du kannst lesen?" wiederholte er etwas lauter. Zweifelnd nahm er eins der Bücher und besah sich den Titel. Dann griff er eins der anderen und schüttelte den Kopf. „Ein Flittchen, das lesen und wahrscheinlich schreiben kann. Du überraschst mich, Kleine" Er öffnete einen anderen Schrank und zog wahllos ein Kleid heraus „ Beeil dich mit dem Anziehen. Ich habe mächtig Hunger." Er drehte sie herum, warf ihr das Kleid über und begann die Knöpfe zu schließen. „Das du lesen kannst, solltest du verheimlichen. Ich wette, das weiß nicht einmal dein Bruder."

„Ich war bei meinem Vater! Ich habe mich von ihm verabschiedet!" Plötzlich war es Violetta wichtig, es dem arroganten Kerl zu sagen, ihm wissen zu lassen, dass sie sich nicht mit einem anderen Mann getroffen hatte. Sie griff sich ihre Haare und wollte gerade mit dem Flechten beginnen, als er ihre Hand festhielt und sie zu sich drehte. „Vielleicht habe ich mich geirrt, vielleicht auch nicht. Erwarte keine Entschuldigung, du hast keine verdient." Ohne weitere Worte zog er Violetta durch die Gänge bis hin zum Saal.

3. KAPITEL

Violetta lehnte ihren heißen Kopf an das kühle Fenster der Kutsche und war dankbar, dass ihre Kopfschmerzen etwas nachließen. In aller Frühe war sie heute Morgen geweckt worden, man hatte ihre Kleidung in große Koffer gepackt und ihr gerade mal Zeit gelassen, sich schnell von Danielle zu Abschieden. Dann hatte Arthur sie fast gewaltsam in diese verdammte Kutsche geschoben und die Abfahrt befohlen. Jetzt waren sie seit vielen Stunden unterwegs, sie hatte aufgehört zu zählen. Ihr Blick ging zum Himmel, der sich nun bedrohlich zusammenzog. Seit dem Mittag schmerzte ihr Hals und der Durst schien sie umzubringen. Doch um keinen Preis der Welt würde sie den Mann ihr gegenüber um Hilfe bitten. Die Regentropfen, die fielen, mischten sich mit ihren Tränen, als sie das Fenster ein wenig herunter drehte, um die frische Luft zu genießen. „Wir werden mein Schloss bald erreicht haben" unterbrach Arthur jetzt das lange Schweigen. „Die Kapelle ist hergerichtet und der Pastor wartet. Wir werden noch heute Abend getraut" Er grinste, als Violettas Kopf herum schoss. Ein Fehler, den sie schnell bereute, denn es drehte sich alles in ihrem Kopf. „Nein" sagte sie so energisch, wie ihre Kopfschmerzen es zuließen. „Auf keinen Fall!"

„Oh doch, Kleine" antwortete Arthur grinsend. „Warum das Unvermeidliche lange vor sich herschieben?" Seine Hand griff ihren Haarschopf und zog sie zu sich heran. Seine Finger strichen über ihre Lippen. „Aber vielleicht bebe ich ja auch vor Verlangen und kann es nicht abwarten, meine süße Braut zu besitzen" sagte er heiser. Wieder legte er seine Lippen auf ihren Mund und küsste sie wild. Violetta war starr vor Schreck.

Sein Mund lag auf ihren, seine Zunge strich begehrend über ihre Lippen, zwang sie, ihren Mund zu öffnen, seiner Zunge Einlass zu geben. Violetta wurde übel bei der Vorstellung, sich mit dem Mann ein Bett zu teilen. Entschieden stemmte sie ihre Arme gegen seine Brust und löste sich von ihm. Sie schaffte es gerade noch, sich aus dem Kutschenfenster zu lehnen und sich zu übergeben. Wutentbrannt wandte sie sich zu Arthur zurück und starrte ihn aus zornigen Augen an. „Nie, hörst du, nie! Werde ich mir mit dir ein Bett teilen! Mein Körper gehört mir, mir ganz allein! Du wirst ihn niemals besitzen! Vielleicht kann ich gegen die Hochzeit nichts unternehmen, aber du wirst mich nie besitzen!" In ihrem Kopf drehte sich alles. Ihr Körper glühte und sie fror gleichzeitig, doch sie versuchte, stark und selbstbewusst zu wirken, als Arthur jetzt seine Augen zusammen zog. Er verschränkte seine Arme und starrte sie arrogant an. „Du willst deinem Mann also verweigern, was du anderen freigiebig schenkst? Du willst die nervöse Jungfrau spielen und mich aus deinem Schlafzimmer sperren?" Seine Hand schnellte vor und ergriff sie am Kragen ihres Kleides. „Na gut, Kleine. Lass dir gesagt sein, du bist nicht mehr unschuldig, nicht unberührt. Ich habe es nicht nötig um dich zu werben. Sei aber nicht empört, wenn ich mein Vergnügen bei anderen suche." Wütend stieß er sie in die Ecke der Kutsche zurück und schloss müde seine Augen. „Versuch auch etwas zu schlafen. Der Abend wird noch lang werden." Ohne auf Violetta zu achten, wandte er sich ab. Wenige Sekunden später hörte sie leise Schnarchgeräusche. Arthur schlief und ließ eine weinende Violetta in ihrer Ecke sitzen. Arthur hielt sie also wirklich für ein Flittchen? Er würde sich anderen Frauen zuwenden. Wieder fielen ihr die Erzählungen ihrer Zofe und Danielles ein. Über die Gelage und den Trinkorgien. Sie zitterte vor Angst. Ihre Nerven begannen zu versagen. Ihre Zähne schlugen unkontrolliert aufeinander. Was hatte ihr Bruder ihr nur angetan, sie zu so einem Barbaren zu schicken? Wieder überkam sie die Übelkeit, und sie übergab sich. Sie schloss müde ihre Augen, als sich eine große Hand auf ihre Stirn legte und Arthur seufzend eine Decke nahm, um sie einzuwickeln. „Ich will hoffen dass es nur die Nervosität wegen der bevorstehenden Hochzeit ist, und du nicht schwanger. Wehe du wagst es, mir ein Kuckukskind unterzuschieben." Grimmig griff er die Wasserflasche und hielt sie Violetta an den Mund. „Trink etwas. Du hast seit gestern nichts mehr zu dir genommen. Dann versuch etwas zu schlafen." Seine plötzliche Besorgtheit ließ Violetta überrascht die Augen öffnen.

Ungläubig sah sie in seine braunen Augen. Er hatte gestern beim Abendmahl herzhaft zugelangt, sie hatte staunend die Menge an Essen betrachtet, die in dem großen Mann verschwanden, der zwar groß und muskulös war aber ohne jegliches Gramm Fett. Ihr war überhaupt nicht bewusst gewesen, dass er ihren leeren Teller bemerkt hatte. „Schließe deine schönen, grünen Augen und schlaf etwas" sagte er sanft drohend. Wieder legte er seine Hand auf ihre Stirn. Besorgt zog er seine Augen zusammen. Dann lehnte er sich wieder zurück und starrte aus dem Fenster. Violetta ließ ihren Tränen freien Lauf. Irgendwann fielen ihr die Augen zu und sie schlief erschöpft ein.

„Lady? Es wird Zeit, sich zur Hochzeit anzukleiden" Violetta schrak hoch und sah sich verwirrt um. Es war ihr nicht klar, wo sie sich befand. „Sie befinden sich in ihren Gemächern,

Lady Violetta. Ich bin Mary, ihre Zofe." Ein junges Mädchen, kaum älter als 15 Jahre, knickste nun und lief hochrot an. „Seine Hoheit hat sie zu Bett gebracht und mir befohlen, sie erst zur Trauung zu wecken." Violetta sah an sich herunter. Nur in Unterwäsche lag sie unter einer Vielzahl an Decken. „Seine Hoheit hat mich hergebracht?" fragte sie das Mädchen mit heiserer Stimme, welche nun heftig nickte. „Ja, Lady. Er hat sie entkleidet und eine Menge an Decken kommen lassen." Jetzt kicherte Mary. „Er schien sehr in Sorge um sie zu sein." Sie wandte sich ab. „Das Badewasser ist fertig. Ihr Hochzeitskleid hängt bereit."

„Welches Kleid?" Violetta erhob sich schwerfällig aus dem Bett und starrte das wunderschöne lange Kleid aus weißer Seide an. „Wer hat das Kleid hergebracht?" Vorsichtig strichen ihre Finger über den Stoff. „Seine Hoheit an es extra für sie anfertigen lassen. Er hat es in Auftrag gegeben, bevor er losfuhr, sie zu holen. Er drohte dem Schneider mit Kerker, sollte er es nicht pünktlich fertig bekommen." Mary lächelte verträumt. „Es ist so romantisch, Lady." Mary seufzte laut. „Das ganze Volk schwärmt von ihrer Liebe auf dem ersten Blick. König Arthur hat sich ja wohl auf dem ersten Blick in sie verliebt. Jetzt da ich sie vor mir sehe, kann ich ihn gut verstehen"

Wut kochte in ihr hoch, als sie an den brutalen Kuss von gestern und heute Morgen in der Kutsche zurückdachte. Der miese Kerl schien allen Ernstes anzunehmen, sie würde dieses Theater um eine romantische Hochzeit mitspielen. Entschieden wandte sie sich von dem traumhaft schönen Kleid ab und wühlte in ihren Koffern. Endlich fand sie das Gesuchte. Triumphierend hob sie ihr altes Jagdkleid hoch. „Das hier, Mary. Das hier werde ich anziehen, das und kein anderes" Sie grinste über Marys entsetzten Bick. Ohne auf die Zofe zu achten, stieg sie in die Wanne und genoss die Wärme des Wassers. Arthur würde seine Braut bekommen, allerdings anders als er es sich vorgestellt hatte.

Es würde ihm keine wunderschöne, gutfrisierte junge Frau entgegen treten, es würde ihn Violetta Alexandra von Hohenfels am Traualtar die Hand reichen. Entweder er ergriff die Hand oder sendete sie umgehend zurück Nachhause. Violetta grinste trotz Kopfschmerzen, als sie sich sein Gesicht dabei vorstellte. Die Proteste ihrer Zofe verklangen unbeantwortet, als Violetta sich das bequeme Jagdkleid anzog, ihre Haare zu zwei schweren Zöpfen flocht und in ihre alten Stiefel stieg. „Bin fertig, Mary. Führe mich zur Kapelle." Grimmig folgte sie dem weinenden Mädchen, das ängstlich ihre Schultern einzog, als die Musik einsetzte und sich die Tür zur Kapelle öffnete. Violetta schloss kurz ihre Augen. Das also war ihre Hochzeit. Der Moment, den sie sich als Kind so romantisch erträumt hatte. Mit Blumen, Musik, einem Mann, den sie von ganzen Herzen lieben konnte.

Eine Sekunde lang überlegte sie umzudrehen und doch das Seidenkleid anzuziehen. Doch dann raffte sie ihre Röcke und betrat mit einem verschmitzten Grinsen die Kapelle. Sie hob ihren Blick und starrte auf Arthur, der bewegungslos am Altar stand und mit wutentbrannten, finster zusammen gezogenen Augen ihr entgegen blickte. Sie hielt ihren Blick stur auf Arthur gerichtet und ignorierte die Menschen links und rechts, deren Getuschel immer lauter wurde. Tapfer machte sie einen Schritt nach dem anderen und blieb trotzig vor dem großen Mann stehen. „Hier ist ihre Braut, Hoheit" sagte sie mit kratzender Stimme. Trotzig hob sie ihren Kopf und starrte ihn ins Gesicht. Sein Blick glitt über ihre Erscheinung und er seufzte leise auf. „Das sehe ich, My Lady. Was ist mit dem Kleid, das ich anfertigen ließ?" Seine Stimme klang drohend, er griff ihre Schultern und drückte schmerzhaft zu. Fast wäre sie in die Knie gesunken, doch sie sammelte ihre letzten Kräfte. „Das war mir zu groß. Ich will nicht größer erscheinen, als ich bin." Sie versuchte, trotz seines schmerzenden Griffes zu grinsen. „Sie Sir, bekommen das, was hier vor ihnen steht."

„Das wirst du mir büßen, kleines Mädchen" drohte er leise. Dann ließ er sie los und wandte sich zum Pastor. „Wir können mit der Trauung beginnen" sagte er zu dem Mann und ignorierte Violettas hasserfüllten Blick. Mit lauter Stimme bejahte er die ernste Frage des Pastors, sein Blick richtete sich nun auf Violetta, die immer stärker zitternd neben ihn stand. Sie zögerte, als ihr die Frage gestellt wurde. Arthurs Hand griff ihre und drückte sie schmerzhaft zusammen. „Ja, ich will" antwortete Violetta heiser. Ihr Zittern verstärkte sich, in ihren Kopf begann es sich zu drehen und die Übelkeit kam zurück. „Hiermit erkläre ich euch zu Mann und Frau, Sir. Sie dürfen die Braut jetzt küssen" hörte sie die Stimme des Pastors wie durch dichten Nebel. Ihre Nerven versagten, Ihr wurde schwarz vor Augen und sie sank besinnungslos zu Boden.

4. KAPITEL

„Sie kommt zu sich, Arthur, das Schlimmste scheint überstanden." Eine freundliche Frau beugte sich über Violetta, als sie schwerfällig ihre Augen öffnete und versuchte, sich im dunklen Zimmer umzuschauen. Die Frau legte ihr die Hand auf die Stirn und nickte ihr aufmunternd zu. „Hallo kleine Frau. Hast uns mächtig Sorgen bereitet" Die Frau half Violetta sich ein wenig aufzusetzen. Dann flößte sie ihr eine trübe Flüssigkeit ein. „Ich bin Hanna, Arthurs ältere Schwester." Sie nickte jemanden im Raum zu. Jetzt hörte Violetta schwere Schritte und Arthur stand vor ihrem Bett. Er sah finster auf sie herunter und schwieg. Violetta ließ sich ins Bett zurückfallen und schloss wieder ihre Augen. „Schade, und ich hatte wirklich gehofft, es hätte sich lediglich um einen schlechten Albtraum gehandelt bei meiner Hochzeit." Sagte sie leise und brachte die Frau damit zum Lachen. Sie setzte sich zu ihr ans Bett und nahm liebevoll ihre Hand. „Sie fühlt sich schon viel kühler an, Arthur" sagte die Frau, während Violetta spürte, wie Arthur seine Hand auf ihre Stirn legte. „Oh ja, sie ist fast wieder die Alte." Er hielt Hanna eine Kerze hin. „Es ist gut, Schwester. Ich danke die für deine Hilfe, du kannst jetzt gehen." Violetta riss ihre Augen auf und starrte die fremde Frau hilfesuchend an. Was hatte der Satz zu bedeuten? Sie konnte gehen? Was ging hier vor sich? Sie schrie erschreckt auf, als sie eine Bewegung auf der anderen Betthälfte spürte. Arthurs Arm hielt sie fest, als sie aus dem Bett springen wollte. Er lag neben ihr im Bett und hielt sie felsenfest, während er zu seiner Schwester hinüber sah. „Du wirst die Tür verschließen und bezeugen, dass ich die Nacht bei meiner Braut verbracht habe, Hanna." Sagte er laut. Dann zog er sich sein Wams aus und hob die Bettdecke hoch. Wieder wollte Violetta aufschreien, als er ihren Mund mit seinen bedeckte und ihren Schrei erstickte. „Angenehmen Bettruhe, ihr beiden" sagte Hanna lachend und schloss die Tür geräuschvoll, dann hörte Violetta den Schlüssel im Schloss. Sie stemmte ihre Arme gegen Arthurs Brust und es gelang ihr endlich, sich von ihm zu lösen. Sie sprang aus dem Bett und starrte den großen Mann wütend an. „Raus aus meinem Bett! Verschwinde, Mistkerl!" schrie sie ihn an. Sie fror jämmerlich und schlang ihre Arme um sich, während sie mit bloßen Füßen auf dem kalten Boden stand.

„Du meinst unser Bett, liebste Frau" antwortete Arthur sarkastisch und rekelte sich im warmen Bett. „Wenigstens für heute Nacht. Es ist unsere Hochzeitsnacht, und die müssen wir zusammen verbringen, so will es das Gesetz. Aber sei dir gewiss, es liegt mir ebenso wenig daran, wie dir, das hier durchzuziehen. Ich könnte es mir heute woanders gutgehen lassen. Mit jemanden, der mir williger die Langeweile vertreibt. Besser, als mich hier mit einem widerspenstigen Luder herum zu ärgern."

„Ich bin kein Luder!" widersprach Violetta grimmig, sie trat von einem Fuß auf den anderen, es war bitterkalt im Raum.

„Doch das bist du. Eine durchtriebene Schlampe. Benimmst dich an dem wichtigsten Tag deines Lebens wie ein Kind. Du sahst aus wie ein 10 jähriges Mädchen in dem lächerlichen Kleid und mit deinen langen Zöpfen." Er gähnte jetzt herzhaft. „Wenn ich dich nicht besser kennen würde, könnte ich meinen, du seist wirklich so jungfräulich und unerfahren wie du es mir gerade vorspielst. Zier dich nicht und komm ins Bett. Ich zeige dir, wie dir warm werden wird." Er hielt ihr einladend seine Hand entgegen, die Violetta wegschlug und weiter im kalten Raum stehen blieb. „Ich werde nie, und ich wiederhole es gerne, nie, den Beischlaf mit dir vollziehen. Ich werde nie das Bett mit dir teilen, Arthur von Beneford."

Suchend ging ihr Blick durch den dunklen Raum. Sie hoffte einen Sessel oder ein Diwan zu entdecken, doch umsonst. Außer einen Tisch, einen zierlichen Stuhl und einem großen Spiegel gab es nur das riesige Bett. Unsicher blieb sie stehen und die Kälte kroch unter ihr dünnes Nachthemd. „Du kannst nicht die restliche Nacht in der Kälte dort stehen bleiben. Du bist bereits krank, du wirst noch die Schwindsucht bekommen." Arthur gähnte erneut und hob wieder seine Hand, um sie zu sich zu ziehen. „Komm schon, spiel nicht mit mir."

Violetta wich einen Schritt zurück, als Schritte an der Tür zu hören waren. Sofort sprang Arthur aus dem Bett, entledigte sich seiner Hose, griff sie und warf sie ins Bett. Er legte sich zu ihr, zog sie halb auf sich und hielt ihren Kopf an seine Brust gepresst. „Tu uns beiden jetzt einen großen Gefallen und spiel um Himmels willen mit" zischte er mit zusammengebissenen Zähnen. Seine Hand vergrub sich in ihrem Haar. „Tu so, als hätte ich dich wild und hemmungslos geliebt. Du wirst ja wissen, wie so etwas aussehen muss;" Violetta schaffte es, ihren Kopf etwas zu heben, sein Arm presste sie fest an sich. „Nur wenn du mir versprichst, mir keine weitere Gewalt anzutun." Flüsterte sie zurück. Arthur nickte grimmig. Sie hörten den Schlüssel im Schloss und sahen dann Kerzen auf das Bett zukommen. „Sehen sie meine Damen und Herren, der König und seine Braut" Hanna hob ihre Kerze und leuchtete das Bett aus. Violetta kniff ihre Augen zusammen und unterdrückte einen derben Fluch. Sie kam sich erniedrigt und entblößt vor, als sich nun wildfremde Menschen über sie beugten und sich flüsternd unterhielten. Ihr Atem ging schwer und ihre Wangen glühten, nur unter Mühe konnte sie ihre Wut beherrschen, als eine junge Frau nun unangemessen kicherte. „Und wieder eine Jungfrau weniger im Schloss" hörte sie eine hohe Stimme sagen. Fast wäre sie aufgesprungen, doch Arthurs Arme hielten sie an sich gepresst. Endlich, nach einer Ewigkeit, wie es ihr vorkam, entfernten sich die Kerzen wieder. Sie spürte, wie Arthur aufatmete und sein Griff sich lockerte. „Gut gespielt kleines Mädchen, fast könnte man dir die Rolle der spröden Jungfrau wirklich glauben." Arthur grinste und ließ seine Hand von ihrer Schulter zu ihren Brüsten gleiten. Seine Hand fing Violettas Arm ab, als sie ihre Hand hob um ihn ins Gesicht zu schlagen. Wieder lachte er heiser auf und Violettas Atem ging stoßweise, als er ihre Arme nach hinten über ihren Kopf bog, sie festhielt und seine andere Hand über ihren Körper wanderte. Sein Mund folgte ihr. Sie schrie erschreckt auf, als er eine ihrer Brustwarzen mit den Lippen liebkoste. Seine Hand blieb auf ihrem flachen Bauch liegen und seine Augen versuchten in ihrem Gesicht zu lesen, als er sie tiefer gleiten ließ. „Ihr gabt mir euer Versprechen, mich nicht anzufassen" stieß Violetta atemlos hervor. Tränen liefen über ihre Wangen, als seine Hand jetzt ihr Ziel erreicht hatte und seine Finger ein erotisches Spiel begannen. „Bitte, nicht so. Bitte nicht. Nicht mit Gewalt." Flüsterte sie heiser. Widerwillen entwickelte ihr Körper ein Eigenleben, sie wandte und rekelte sich unter ihn, ihr Atem wurde flach und sie keuchte. Seine Finger lösten unbekannte Gefühle in Violetta aus und fast hätte sie sich ihm entgegen gebogen, als er plötzlich inne hielt, ihren Kopf zu sich drehte und forschend ihr Gesicht betrachtete. „Du wärst nicht die erste widerspenstige Braut, die auf diese Weise gezüchtigt wird. Aber ich gab dir mein Wort und du bist erschöpft und müde, dann macht es keinen Spaß." Er wandte sich ab, verließ das Bett und suchte seine Kleidung zusammen. „Wie gesagt, du spielst die Jungfrau wirklich perfekt, kein Wunder das dein Bruder nichts von deinen Eskapaden geahnt hat. Ich werde gehen." Er beugte sich über ihr Bett und sein Gesicht war nur Zentimeter von ihrem entfernt. „Aber bedenke, holde Ehefrau. Jedes Mal wenn du mich abweist, werde ich mein Vergnügen woanders suchen." Der letzte Satz triefte vor Ironie. Sie hörte ihn zur Tür gehen, ein Lichtspalt fiel in den Raum, dann war sie allein. Sie blieb regungslos liegen und wartete, bis sich ihr Atem einigermaßen beruhigt hatte. Was hatte Arthur gerade mit ihrem Körper gemacht? Was waren das für merkwürdige, schöne Gefühle, die seine Finger und sein Mund in ihr hervorgerufen hatten? Sie berührte vorsichtig ihre Brustwarzen, die noch immer steif waren von der Berührung seiner Lippen. Ein heftiger Schauer lief über ihren Körper. Sie zog sich die Decke über den Kopf und weinte sich in den Schlaf.

5. KAPITEL

„Wenn du mir jetzt noch erzählst, dass du die ganzen Bücher wirklich gelesen hast, verbeuge ich mich in Ehrfurcht vor dir" Violetta schrak hoch. Die Sonne schien in das Zimmer und Hanna saß auf dem Boden vor einem Schrank und hielt eins ihre vielen Bücher in der Hand. „Homers Leben" sagte Hanna weiter, „Die Sagen und

Mythen des alten Griechenlands", Nicht schlecht, liebste Schwägerin." Nichts hielt Violetta mehr im Bett. Sie sprang heraus und kam zu Hanna herüber. Sie ließ sich ebenfalls auf dem Boden nieder und berührte liebevoll die ganzen Bücher. „Wo kommen die denn her?" fragte sie leise. Ein Buch nach dem anderen wurde von Hanna inspiziert und begutachtet bevor sie es in den Schrank räumte. „Mein idiotischer Bruder hat sie holen lassen. Er hat anscheinend doch ein wenig Grips bei der Auswahl seiner Braut bewiesen." Wieder hob sie ein Buch aus den großen Kisten. „Als du hier gestern ankamst, hielt ich dich, entschuldige, für ein dummes, kleines, naives Mädchen, dass es darauf angelegt hat, geheiratet zu werden." Hanna strich Violetta das lange Haar aus dem Gesicht und versuchte ein schiefes Grinsen. „Aber als ich dich dann bei der Trauung sah, in deinem alten Kleid, den Zöpfen und den unmöglichen Stiefeln, wurde mir klar, dass mein Bruder einen ebenbürtigen Gegner gefunden hat." Jetzt schien Hanna etwas einzufallen.

„Arthur hatte mich geschickt um dir Frühstück zu bringen, allerdings hatte die Köchin noch nichts fertig, als ich vor einer halben Stunde nachgefragt habe. Dann kamen deine Bücherkisten und ich habe alles andere vergessen, entschuldige."

„Die Köchin hat noch kein Frühstück fertig?!" Violetta sah ihre Schwägerin ungläubig an, als diese nickte. „Arthur und seine Männer haben noch nichts gegessen? Es ist spät am Morgen! Die Köchin sollte längst mit den Vorbereitungen für das Mittagsmahl beschäftigt sein!" Wütend begann sie sich nach ihren Kleidern umzusehen. Außer den eleganten, modisch eng geschnittenen langen Kleidern, konnte sie in ihren Schränken nichts finden. Ihre gesamten Alltagskleider waren verschwunden. Zornig zog sie ihre Augen zusammen. „Das war bestimmt Arthurs Werk. Ich möchte wetten sie brennen in diesem Moment in irgendeinem Kamin!" Sie sah zu ihrer Schwägerin, die jedoch, vertieft in eins der Bücher, nichts von dem Geschehen um sich herum mitbekam. Fast erschien ein Lächeln auf

Violettas Gesicht. Diesen Weltentrückten Ausdruck von Hanna kannte sie zur Genüge von ihrem Vater. Sie griff sich wahllos eins der Kleider, warf es sich über und suchte Mary. „Zeige mir die Küche, sofort!" Befahl sie dem Mädchen zornig. Die Köchin konnte sich einiges anhören, dachte Violetta, während sie Mary folgte und sich die vielen verdreckten Räume und Flure des Schlosses besah. „Wer ist hier für die Sauberkeit zuständig?" fragte sie ihre Zofe, die nur mit den Schultern zuckte.

Endlich hatten sie die große Küche erreicht. Violetta konnte viele, laute Stimmen hören. Es wurde gelacht und gescherzt. Ihre Hochzeit, einschließlich der Hochzeitsnacht, war das Thema. „Lady Sybille hat mir erzählt, Seine Hoheit hätte die kleine Frau ganz schön rangenommen." Hörte sie eine Frauenstimme sagen, Gelächter folgte. „Die Königin ist ja auch winzig gegen unseren König. Sie wird einen Stuhl brauchen, wenn sie ihn küssen will." Wieder folgte lautes Gelächter.

Violetta riss die Tür auf und kam in den überaus schmutzigen Raum indem plötzlich jegliches Gespräch verstummte. Mit zornig zusammengezogenen Augen starrte sie die vielen Menschen in dem Raum an. „Wenn nicht innerhalb einer halben Stunde Frühstück auf dem Tisch steht, wenn ihr alle" Sie hob ihre Hand und wies auf jeden einzelnen im Raum. „Nicht innerhalb von drei Minuten an der Arbeit seid, lasse ich euch aus dem Schloss werfen!" donnerte ihre Stimme laut durch den Raum. Sie ging an den sprachlosen Menschen vorbei und öffnete ein Fenster, frische Luft durchdrang den Raum. Sie atmete auf und starrte die dicke Frau, allen Anschein nach die Köchin, wütend an. „Wenn ich das nächste Mal diesen Raum betrete ist er aufgeräumt und sauber! Es steht kein gebrauchtes Geschirr oder dreckiger Unrat herum!" Immer noch rührte sich keiner, alle sahen sich ratlos an. Violetta sah sich um und fand wonach sie gesucht hatte. Sie griff den langen Kochlöffel und ließ ihn mit aller Kraft auf den Gesindetisch knallen. Die jungen Frauen schrien auf, als der Löffel in mehrere Teile zersprang und die Splitter ihnen um die Ohren flogen. „ Ich scherze bestimmt nicht, und bin es nicht gewohnt, ignoriert zu werden. Es wird sauber gemacht. Mit dem Thronsaal und dem Speisesaal wird begonnen! Dann ein Zimmer nach dem anderen." Violetta sah sich wieder in der Küche um. „Alle Zimmer außer meines, um das kümmere ich mich selber. Wehe, es wagt einer von euch, meine Räume zu betreten!" Sie wandte sich an die Köchin und hob den Rest des Kochlöffels in die Höhe. „Das was mit dem Löffel passiert ist, kann euer Schicksal sein, höre ich euch noch ein einziges Mal über meinen Mann oder mich lästern. Haben wir uns verstanden?" Die Menschen nickten stumm. Angstvoll erhoben sie sich und verneigten sich kurz vor Violetta. „Ich werde euch kontrollieren. Ich habe jede Menge Zeit, glaubt mir. Und Ich bin sehr gewissenhaft!" Mit Genugtuung sah sie den Raum schnell leerer werden. Sie hielt einen Jungen fest, der an ihr vorbei ging. „Du läufst in das Dorf und bestellst jemanden, der alle Aborte säubert. Sag ihm, es wird gut bezahlt." Der Junge nickte und rannte davon. Dann drehte Violetta sich zur Köchin zurück. „Ich werde dir helfen, Frühstück zuzubereiten. Dann lernst du auch gleich, was ich für Richtig erachte". Ohne auf den ungläubigen Blick der dicken Frau zu achten, band Violetta sich eine lange Schürze um und suchte in der schmutzigen Küche nach Lebensmitteln. Ihre Stimme donnerte laut durch den Raum, sie gab den Küchenjungen Anweisungen, ließ die Regale säubern und den Ofen anheizen. Eine Magd kam mit frischen Eiern und zum ersten Mal an diesem Tag ging ein Lächeln über Violettas Gesicht. Sie schob mehrere große Brotteige in den warmen Ofen, schlug Eier in eine Pfanne und inspizierte die große Speisekammer. Dann schickte sie eins der Mädchen in den Garten. „Du holst mir Thymian, Petersilie, und frage den Gärtner nach frischen Obst." Befahl sie energisch. Sie hob große Stapel Teller aus dem Schrank und wies einen der Jungen an, den großen Tisch im Speisesaal zu decken. Dann band sie die Schürze ab. „Ich werde sehen, was die Reinigungsarbeiten machen und die Männer zum Frühstück rufen! Ab Morgen werden diese Aufgaben von euch übernommen. Ich werde mit der Köchin einen Speiseplan erarbeiten, an dem sich ein jeder von euch halten wird, verstanden?" Die Menschen in der Küche nickten stumm und Violetta verließ erleichtert den Raum. Sie hatte ihren ersten Sieg hier im Schloss errungen. Es tat ihr gut nach der Niederlage von der vergangenen Nacht. Wieder bildete sich ein dicker Kloß in ihrem Hals, als sie an die unbekannten Gefühle zurückdachte, die Arthur in ihr wachgerufen hatte.

Um diese Uhrzeit würde sie ihren Mann und seine Gefolgsleute bestimmt auf dem Tunierplatz finden, wo sie ihre Fähigkeiten im Reiten, Kämpfen und Bogenschießen trainierten. Sie schlug die Arme um ihren Körper und schluckte einen derben Fluch herunter, als ihr die Hofbediensteten entgegen kamen. Das elegante, dünne Kleid und die zierlichen Pantoffeln boten ihr keinen Schutz vor der morgendlichen Kälte und dem Dreck auf dem verwahrlosten Hof. Wütend scheuchte sie die Hühner, die hier frei herumliefen vor sich her, weiche achtlos herumstehenden Wagen aus, sprang über die Hinterlassenschaften der Pferde.

Endlich hatte sie den Übungsplatz erreicht und seufzte. Der einzig einigermaßen saubere Ort hier auf dem Gelände. Zögernd blieb sie an der Einfriedung stehen. Als Frau hatte sie auf dem Gelände keinen Zutritt. Sie durfte es erst nach Aufforderung ihres Mannes betreten, dass wusste Violetta, doch sie ignorierte heute diese Regel. Die Männer waren viel zu sehr mit ihren Übungen beschäftigt, als dass man sie bemerkt hätte. Sie raffte ihre Röcke und setzte vorsichtig einen Schritt vor den anderen auf dem aufgewühlten, lehmigen Boden. Endlich hatte man sie bemerkt. Die Männer stellten umgehend ihre Kämpfe ein, legten ihre Bögen fort und kamen auf sie zu. Arthur hatte sie zuerst erreicht und stellte seinen Langbogen an den Zaun. Den Köcher mit den Pfeilen hängte er über einen Pfosten und nahm Violettas Arm.

„Schon erwacht? Wundert mich nach der anstrengenden Nacht" sagte er leise. Ironisch glitt sein Blick über ihr Gesicht, ihre Figur und blieb an den völlig schmutzigen Pantoffeln hängen. „Du kennst die Regeln? Du weißt, dass du hier nichts zu suchen hast. Es ist für eine Frau zu gefährlich hier" Seine Augen schienen sie durchbohren zu wollen, als er sie jetzt beiseite zog, um einem Reiter auszuweichen. „Das Frühstück ist fertig. Der Tisch ist gedeckt" antwortete sie mit fester Stimme und versuchte seinem Blick standzuhalten. Arthur drehte sich nun zu seinen Gefolgsleuten um und lachte laut auf. „Mein holdes Weib ist extra zu mir gekommen um mir mitzuteilen, dass das Frühstück auf dem Tisch steht" rief er ihnen zu und erntete lautes Gelächter als Antwort. „Was deine Köchin zusammenbraut ist lebensgefährlich. Mich bekommt niemand an deinen Tisch, solange die Köchin am Herd steht." Antwortete einer Männer und widmete sich wieder seinem Schwert. Die anderen Männer wandten sich auch wieder desinteressiert ab.

„Du siehst, holdes Weib," Arthurs Worte trieften vor Sarkasmus. „Es hat hier niemand Hunger. Verschwinde also wieder in dein Zimmer und stecke dein hübsches Näschen in eins deiner ach so klugen Bücher. Hier wirst du nichts erreichen." Arthur wandte sich ab und ließ eine überaus zornige Violetta mitten auf dem Feld stehen. Er hatte das Feld fast überquert, als ein Pfeil Zentimeter an seinem Kopf vorbei zischte und mit einem lauten Plob in die Mitte der Zielscheibe traf. Zitternd vibrierte der Pfeil, während die Männer ihre Waffe niedersinken ließen und jegliches Gespräch verstummte. Wie in Zeitlupe drehte Arthur sich herum und sah, wie Violetta einen zweiten Pfeil in den Langbogen spannte, zielte und ihn genau neben dem ersten in der Zielscheibe versenkte. Jetzt hob sie den Bogen etwas, kniff die Augen zusammen und begutachtete die Waffe. „Nicht schlecht, wirklich, aber er zieht etwas weit nach rechts. Fast hätte ich euer Ohr getroffen, holder Gemahl" rief sie Arthur zu. Sie presste den Bogen zu Boden, spannte die Sehne und legte wieder einen Pfeil ein. „Schon besser!" Sie spannte die Sehne durch und zielte auf jeden einzelnen der Männer. „Also meine Herren! Wie war das mit dem Frühstück? In Zehn Minuten erwarte ich sie alle" Sie ließ den Pfeil durch die Luft sausen und sah mit Genugtuung, wie er wieder ins Schwarze traf. „Bitte mit sauberen Schuhen. Ich lasse das Schloss gerade putzen!"

Da die Männer immer noch schwiegen, stellte Violetta den Bogen beiseite und machte kehrt. Sich den Blicken der Männer gewiss, versuchte sie möglichst vornehm zu gehen, doch sie hatte alle Mühe, nicht das Gleichgewicht zu verlieren, als sie unbeholfen ihr Röcke gerafft, über das unebene Gelände stolperte. Ihre Pantoffeln waren eher hinderlich als Hilfreich dabei. Wieder dachte sie mit Wehmut an ihre geliebten Stiefel, die sicher bereits dem Feuer zum Opfer gefallen waren. Sie schrie auf, als zwei starke Arme sie umfassten und hochhoben. Sie blickte ängstlich in Arthurs Gesicht, der sie mit langen Schritten durch den Dreck zum Schloss zurück trug. Sie glaubte ein Grinsen um seine Mundwinkel zu erkennen, als er sie kurz ansah. „Gilbert hatte recht. Durchsetzen kannst du dich auf jeden Fall. Meine Männer sind hin und weg von deinen Schießkünsten. Wo hast du gelernt, so mit dem Langbogen umzugehen?" Er blieb stehen und wartete auf ihre Antwort. Anscheinend hatte er es nicht eilig, sie herunter zu lassen. „Der Waffenmeister meines Bruders bestand nach dem ersten Einfall der Barbaren darauf, Danielle und mich zu unterrichten, ich habe ein besonderes Talent zum Kämpfen, meinte er. Er sagte, es wäre schade, dass ich kein Mann geworden bin."

„Dem kann ich mich nicht anschließen. Als Frau gefällst du mir besser." Antwortete Arthur ihr und ging weiter zum Schloss. „Was hat er dir noch beigebracht?" fragte er sie weiter. Seine Stimme klang zu ersten Mal interessiert, ohne jegliche Ironie oder Sarkasmus. Violetta staunte, wie dunkel und angenehm seine Stimme klingen konnte. Wieder fielen ihr die heiseren Worte ein, die er in der vergangenen Nacht zu ihr gesagt hatte, prompt lief sie hochrot an und brachte Arthur zum Lachen. Anscheinend hatte er ihre Gedanken erahnt. Violetta wurde wütend. Sie versuchte sich energisch aus seinen Armen zu befreien, doch er hielt sie felsenfest und kniff ihr frech in den Hintern. „Ich warte auf eine Antwort. Ich muss doch wissen, wovor ich mich noch in Acht nehmen muss, außer vor Pfeil und Bogen." Violetta seufzte leise. Trotzdem hatte er es gehört und wieder lachte er auf. „Ich kann außerdem noch sehr gut mit dem Florett und dem Messer umgehen. Was mir an Kraft fehlt mache ich mit Geschwindigkeit wett." Antwortete sie grimmig.

„Ich warne dich also, mein Zimmer noch einmal zu betreten. Mein Messer liegt ab jetzt immer bereit." Endlich hatten sie die große Halle erreicht und Arthur ließ sie runter. Violetta schwankte etwas, der Boden der Halle fühlte sich unter ihren Pantoffeln kalt an. Sie wollte sich abwenden, als Arthur sie griff und ihren Kopf zu sich hob. Sein Gesicht war dicht vor ihren. „Wenn ich meine Frau zu besuchen gedenke, lasse ich mich dabei von nichts und niemanden abhalten. Du bist meine Frau. Du hast deine Pflichten." Dann hob er seine Hand und gab ihr einen Klaps auf dem Hintern. „Geh dich umziehen. Wir werden im Speisesaal auf dich warten." Er hob seine Nase in die Luft und schnupperte. „Was riecht hier denn so lecker. Bin ich wirklich im richtigen Schloss?"

Trotz ihres Zorns musste Violetta jetzt lachen. Sie wandte sich zu Arthur um. „Oh holder Gatte, dein Gesicht ist einmalig" rief sie. Dann lief sie laut lachend die Treppe hinauf, ohne sich umzudrehen und Arthurs Lächeln zu sehen. Er hatte seine Frau das erste Mal lachen gehört. Und es hörte sich verdammt gut an.

6. KAPITEL

Die Männer erhoben sich und verbeugten sich stumm, als Violetta kurze Zeit später den Speisesaal betrat. Ein älterer Mann kam zu ihr und reichte ihr seinen Arm um sie zu ihrem Platz zu begleiten. „Verzeiht einem treuen Gefolgsmann die Frage, My Lady, aber habt ihr die alte Köchin köpfen lassen und eine Neue eingestellt? Wie kommen solch leckere und nahrhafte Lebensmittel auf diesen, zum ersten Mal sauberen Tisch?" fragte er sie leise und brachte Violetta damit wieder zum Lachen. Arthur zog zornig seine Augen zusammen. Er räusperte sich grimmig und schob ihr den Stuhl zu Recht. Die Männer setzten sich wieder, als Violetta ihren Becher hob und ihnen einen guten Appetit wünschte. „Was hast du mit der Köchin gemacht?" fragte nun auch Arthur sie laut über den Tisch hinweg. „Hast du jemand Neues gefunden?" Violetta nickte ihm nur zu und hielt ihren Kopf gesenkt als Arthur jetzt einen Diener festhielt. „Sag Junge, wer ist für diese köstlichen Speisen zuständig? Wer hat sie zubereitet? Es ist köstlich." Er langte über den Tisch zum frischen Brot, das noch warm, in dicken Scheiben schnell weniger wurde. Die Schüssel mit dem Rührei war bereits leer, als sie bei Violetta ankam. Bedauern vortäuschend drehte sie sie demonstrativ um und die Männer liefen hochrot an. Wieder lachte sie hell auf. „Hauptsache es hat geschmeckt" sagte sie lächelnd und prostete den Männern zu. Arthurs Blick heftete sich an sie, innerhalb weniger Minuten hatte seine Frau die Herzen seiner Männer erobert. Ein Stich ging durch seinen Körper, wieder fiel ihm die Situation von gestern ein, als er Violetta mit dem Dienstburschen überrascht hatte. Finster zog er seine Augen zusammen, als die Köchin neben ihn erschien. Nervös drehte sie ihre Schürze in der Hand. Er wiederholte seine Frage nach der Zubereitung der Speisen und hob überrascht seine Augenbrauen, als die Köchin ihre Hand hob und auf Violetta wies. „Ihre Hoheit hat in der Küche gewirbelt, Sir. Sie hat das Brot gebacken, die Eier zubereitet, das Obst geschnitten und die Pasteten hergerichtet. Sie ist dafür verantwortlich. Außerdem hat sie befohlen, das Schloss zu säubern." Es wurde still nach den Worten der Köchin, alle Blicke richteten sich auf Violetta, die jetzt verlegen überlegte, aufzuspringen und davonzulaufen. Endlich rührte sich einer der Männer. Er erhob sich und verbeugte sich in ihre Richtung. „My Lady. Ihre Kochkünste sind ebenso überragend wie ihre Schießkünste. Ich bedauere, dass sie keine Schwester haben um die ich werben könnte." Die anderen Männer klopften auf den Tisch um seinen Worten Nachdruck zu verleihen. Violetta lief hochrot an, sie stammelte einen kurzen Dank und wagte nicht ihren Blick in Arthurs Richtung zu heben. Er räusperte sich und die Männer begannen wieder mit ihren Gesprächen, Violetta hatte Zeit sich zu sammeln. Im Schloss ihres Bruders hatte sie oft gekocht, es machte ihr viel

Spaß, zu backen und neue Rezepte auszuprobieren. Dort hatte nie jemand daraus ein großes Spektakel gemacht.

Plötzlich wurde die Tür geöffnet und eine wunderschöne schwarzhaarige Frau betrat den Saal. Sie blieb staunend stehen. „Hatte meine Zofe doch Recht. Ich glaubte, sie würde übertreiben, als sie sagte, ihr würdet alle zusammen speisen." Sie kam zu Arthur herüber und legte ihre perfekt manikürte Hand vertrauensvoll auf dessen Schulter. „Guten Morgen, meine Herren" Sie lächelte den Männern zu. Dann ging ihr Blick geringschätzig zu Violetta herüber. Sie nickte ihr zu und wandte sich wieder an Arthur, der wieder zum Brot griff. „Warum wurde ich nicht geweckt?" Die Frau setzte sich neben ihn und nahm sich ebenfalls Brot. „Schmeckt gut, hast du eine neue Köchin?" fragte sie Arthur. Wieder legte sich ihre Hand auf seine Schulter als sie sich zu ihm beugte und flüsterte. Zorn machte sich in Violetta breit und ließ sie ihre gute Erziehung fast vergessen, die mitleidigen Blicke der anderen Männer sagten mehr als tausend Worte. Diese impertinente Frau wollte anscheinend ihre Besitzansprüche an Arthur demonstrieren.

„Nein, er hat eine neue Frau, eine die kochen kann, und rechtzeitig aus dem Bett kommen kann" Violetta hatte laut und deutlich die Worte in den Raum geworfen. „Der Tag ist fast vorbei und verschwendet, wenn man ihn im Bett verbringt." Violetta ließ sich das Brot reichen und übersah den wütenden Blick der schwarzhaarigen Frau, die sich nur unter Mühe beherrschte. „Es kommt darauf an, mit wem man ihn im Bett verbringt" antwortete sie Violetta und sah sich beifallheischend zu den Männern um. Violetta hob ihren Kopf, grinste frech von Arthur zur Frau und deutete ein Gähnen an. „Auch dann ist der Tag vergeudet. Wozu gibt es schließlich die Nacht?" Die Männer brüllten vor Lachen und klopften mit den Fäusten auf dem Tisch. Dieses Wortgefecht hatte eindeutig Violetta gewonnen. Jetzt sprang die Frau auf und raffte ihre Röcke.

„Das muss ich mir nicht gefallen lassen, Arthur. Ich habe hier im Schloss eindeutig die älteren Rechte." Schrie sie den Mann neben sich an. „Die älteren vielleicht, aber Violetta hat die höheren Rechte. Du vergisst, sie ist meine Frau." Antwortete er leise und wandte sich wieder seinem Teller zu, ignorierend, dass die Frau wutentbrannt aus dem Saal rannte.

„Du hast dir eine Belohnung verdient" Arthur hielt Violetta am Arm zurück, als die Männer den Saal verließen, und sie ihnen folgen wollte. Er schloss die Tür und lehnte sich dagegen. Dann zog er die sich wehrende Violetta zu sich. „Du hast die Herzen meiner Männer im Sturm erobert, eine wahrhaft gute Mahlzeit gezaubert und sorgst dafür, dass hier Sauber gemacht wird." Er hob ihren Kopf und legte seinen Mund auf ihre Lippen. Ohne auf ihre Gegenwehr zu achten, küsste er sie leidenschaftlich. Sie versuchte, sich zu befreien und seiner Zunge auszuweichen, die ihre Lippen öffnete und nun ihren Mund erforschte. Erschrocken hielt sie still, als der

Druck seines Mundes nachließ und seine Zunge die ihre aufforderte sein Spiel zu erwidern. Endlich ließ er sie los. Violetta trat einen Schritt zurück und starrte Arthur aus ungläubigen Augen an. „Du tust, als wäre es dein erster Kuss" sagte er leise. Forschend glitt sein Blick über ihr erhitztes Gesicht. Dann schüttelte er seinen Kopf. „Ich merke, du willst dich auch weiterhin im Freien bewegen. Dafür eignen sich die teuren Kleider nicht. Ich habe zwei deiner hässlichen Wollkleider aufbewahrt. Und auch deine unmöglichen Stiefel. Die Sachen sind in meinem Zimmer. Du kannst sie dir abholen." Wieder hob er ihren Kopf um ihr in die Augen zu sehen. „Heute Abend. Aber denke dran, ich erwarte eine Gegenleistung dafür."

„Eine Gegenleistung für eine Belohnung?!" Violetta stemmte ihre Arme in die Hüfte. Zornig sah sie zu dem großen Mann auf. Sie hob ihren Fuß und trat ihn mit Kraft gegen das Schienbein. Wie vermisste sie in diesem Moment ihre geliebten Stiefel.

„Ihr, My Lord könnt heute Abend warten, bis ein zweiter Mond am Himmel erscheint. Ich werde euer Zimmer nicht freiwillig betreten!" Während er sein schmerzendes Schienbein hielt, riss sie die Tür auf und rannte empört die große Treppe empor in ihr Zimmer. Sie ließ sich schwer atmend auf ihr Bett fallen. Wie sehr sie diesen arroganten, dämlichen Mann hasste. Wieder bedauerte sie, nicht als Mann auf die Welt gekommen zu sein. Dann würde sie ihn zum Duell fordern können, ihm seine Arroganz aus den Rippen schneiden. Stück für Stück.

„Na, hast dich wieder mit meinem Bruder angelegt? Und, wer hat gewonnen?" Hanna saß immer noch auf dem Boden. Sie hielt eins der Bücher in der Hand und hob jetzt grinsend ihren Kopf. „Weiß nicht, wer gewonnen hat, Hanna. Auf jeden Fall hat dein Bruder jetzt einen prächtigen blauen Fleck auf seinem Schienbein." Violetta ließ sich wieder aufs Bett fallen und schloss ihre Augen. Natürlich hätte sie liebend gerne ihre bequemen Kleider und vor allem ihre Stiefel wieder, aber sie würde sich bestimmt nicht in die Höhle des Löwen begeben. „Hanna, wer ist die junge schwarzhaarige Frau hier im Schloss?" Violetta setzte sich auf die Bettkante und sah zu ihrer Schwägerin herüber, die jetzt das Buch beiseite legte und zu ihr ans Bett kam.

„Das ist Sybille de Rubert. Ihr Vater ist einer unserer Lehnsherren, niedriger Landadel. Doch Sybille hatte sich in den Kopf gesetzt, hier Königin zu werden. Bis vor wenigen Monaten sah es auch aus, als würde sie ihr Ziel erreichen, doch plötzlich zog Arthur sich zurück, verbrachte viel Zeit mit deinem Bruder und teilte der überraschten Sybille vor einigen Wochen unverblümt mit, er gedenke Gilberts kleine Schwester zu heiraten. Sybille war außer sich vor Wut. Ihre ganze Hoffnung verpuffte in nur wenigen Worten." Hanna strich Violetta einige widerspenstige Haarsträhnen aus dem Gesicht. „Du musst auf der Hut sein, Sybille hat ihren Plan noch immer nicht begraben. Sie war es, die gestern Nacht darauf bestanden hat, euch zu kontrollieren. Eine uralte Sitte, die man eigentlich nicht mehr praktiziert hat, aber sie wiegelte die Männer und Frauen auf, und es blieb mir nichts anders übrig, als mich ihr zu beugen." Wieder strich sie Violetta das Haar aus dem Gesicht. „Sie hoffte wohl, dich allein vorzufinden. Zum Glück lagt ihr beiden ja eindeutig zusammen im Bett. Obwohl ich überzeugt bin, dass nichts weiter passiert ist, oder?" Sie zog ein Taschentuch hervor und wischte die Tränen, die Violetta jetzt herunterliefen, fort. „Mein Bruder ist ein Dummkopf wenn er die Wahrheit nicht sieht. Du bist noch unberührt. Das sehe ich in deinen Augen. Dein Blick ist klar und unschuldig wie der Wald nach einem heftigen Regenguss. Du bist noch keinem Mann zu nahe gekommen. Außer meinem Bruder gestern. Er war der Erste, der es bis in dein Bett geschafft hat, oder? Anders wie bei Sybille. In deren Bett lagen mehr Männer als das Schloss Einwohner hat!" Angewidert schüttelte Hanna sich. Wieder wischte sie die Tränen aus Violettas Gesicht. „ist schon gut,

Liebes, kämpfe ruhig, mache es meinem erfolgsverwöhnten Bruder ruhig etwas schwer, aber warte nicht zulange. Wer alles riskiert, verliert auch alles, denke dran." Hanna erhob sich, ging wieder zu den Büchern und war Sekunden später im Lesen vertieft. Sie schien Violetta vollkommen vergessen zu haben. „Du kannst deinem Bruder ausrichten, dass ich ab jetzt immer einen Riegel vorschieben werde, wenn ich mein Zimmer aufsuche. Er wird sich nur eine blutige Nase holen, wenn er versucht, mir beizuwohnen." Violettas warf sich verzweifelt auf ihr Bett und weinte sich in den Schlaf.

7. KAPITEL

„Ich möchte zwei Kronen haben" Violetta stand eine Woche später im Büro des Schatzmeisters und sah ihn fordernd an. Ihr Blick glitt durch den Raum und blieb an den dicken Büchern hängen. „Ich will die Männer bezahlen, die unsere Aborte gereinigt haben" Immer noch rührte sich der ältere Mann nicht. Er saß hinter seinem Schreibtisch und schrieb etwas in eins der Bücher. „Ein halber Schilling reicht völlig" sagte er endlich. „Ich werde die Männer bezahlen." Dann senkte er wieder seinen Kopf über dem Buch. Violetta holte tief Luft, so ließ sie sich nicht behandeln. „Ich sagte, ich will zwei Kronen, und das sofort! Ich werde die Männer entlohnen, wie ich es für richtig halte! Und heute Abend liegen die Finanzbücher für meinen Mann bereit. Seine Hoheit will sie kontrollieren!" Violetta hob eins der Bücher auf und schlug damit auf den Tisch, Staub wirbelte hoch. Jetzt hatte sie die volle Aufmerksamkeit des Mannes, der eilig eine Geldkassette öffnete und ihr das gewünschte Geld reichte. „Das mit den Büchern war bestimmt nur Scherz, My Lady, oder? Sir Arthur hat sich noch nie dafür interessiert." Schweißperlen bildeten sich auf seiner Stirn, als Violetta sich jetzt lächelnd zu ihm beugte. „Sir Arthur war ja auch noch nie verheiratet. Alles ändert sich." Sie nahm das Geld und steckte es in ihre Rocktasche. „Um Neunzehn Uhr liegen die Bücher, und zwar alle, in der Bibliothek. Ich werde sie dort einsammeln." Sie drückte ihr Kreuz durch und verließ das Büro in der Gewissheit den Mann aus seiner Lethargie gerissen zu haben. Es würde einen erneuten Kampf mit Arthur geben, dessen war sie sich bewusst. Sie hatte gehandelt ohne ihn um Erlaubnis zu bitten, doch da sie ihm seit einer Woche geschickt aus dem Weg gegangen war, wollte sie ihm auch jetzt nicht unter die Augen treten. Mit Zittern erinnerte sie sich daran, wie er noch am Abend ihrer letzten Auseinandersetzung vor ihrer Tür gestanden, und um Einlass verlangt hatte. Der schwere Doppel-Riegel, eine Erfindung ihres Vaters, hielt, und sie konnte aufatmen, als er wenig später wütend davon ging. Seitdem herrschte eisiges Schweigen zwischen ihnen.

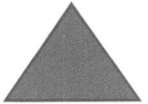

Arthur erwartete Violetta in der Bibliothek, als sie die Bücher holen wollte. Er saß in einem der bequemen Sessel und hatte die Arme verschränkt. Wütend zuckten seine Augenbrauen. „Was hast du jetzt wieder vor, Mädchen?" fragte er sie mit zornbebender Stimme. „Robert ist seit sehr vielen Jahren mein Schatzmeister! Es gab noch nie Grund für Beschwerden! Du beleidigst einen gedienten Mann!" Arthur erhob sich und wies mit den Fingern auf die Bücher. „Er fragte, ob ich kein Vertrauen mehr zu ihm hätte! Er ist äußerst gekränkt worden!"

Violetta kam zögernd zu ihm und hob so selbstbewusst wie möglich ihren Blick zu ihm auf. „Wenn dein Schatzmeister nichts zu verbergen hat, kann es ihm doch egal sein, wenn ich seine Bücher überprüfe. Du legst ja keinen Wert darauf!" Sie stieß ihm wütend mit dem Finger gegen die Brust. „ Du verbringst deine Zeit ja lieber auf dem Übungsplatz als dich um die Finanzen zu kümmern, oder um den Erhalt deines Schlosses! Dich interessiert noch nicht einmal, was mit den Steuern passiert, oder das dein Schloss verdreckt!" Sie zuckte zusammen, als

Arthur sich heftig umwandte. Fast rechnete sie damit, dass er sie greifen und schütteln würde, doch er ging schweigend an ihr vorbei und starrte aus dem Fenster. Ratlos blieb Violetta mitten in der großen Bibliothek stehen, die Reaktion ihres Mannes befremdete sie, der sonst so starke und selbstbewusste Mann schwieg bei ihren Anschuldigungen. Sie griff die schweren Bücher und wandte sich zur Tür, als plötzlich ein Ahnen durch ihren Kopf ging. Achtlos legte sie die Bücher in den Sessel und kam zu Arthur ans Fenster. Sanft legte sie ihre Hand auf seinen Arm und musste feststellen, dass sie ihn zu ersten Mal freiwillig berührte. „Entschuldige bitte, Arthur. Es ist bei dir wahrscheinlich wie bei Gilbert, nicht wahr? Auch er hatte nie die Zeit um lesen und schreiben zu lernen. Von klein auf an, musste er kämpfen, Bogenschießen oder Reiten lernen. Nie hatte er eine freie Minute." Sie reckte sich und küsste das finstere Gesicht ihres Mannes. Sanft berührten ihre Lippen seine Wange. „Verzeihst du mir meine Taktlosigkeit?" Sie atmete auf, als

Arthur stumm nickte. Wieder nahm sie die Bücher auf und wollte die Bibliothek verlassen, als er sich ihr in den Weg stellte und ihr die Bücher abnahm. Er warf sie zu Boden und legte seine Arme um sie. Er hob ihren Kopf und küsste sie wild. „Jetzt verzeihe ich dir, Violetta. Aber glaube nicht das deine neue Erkenntnis über mich etwas an unserem Kampf ändert." Sagte er heiser. Er presste sie an sich um zu verhindern, dass sie wieder mit dem Fuß nach ihm treten konnte.

„Nein, natürlich nicht, Sir, es würde sonst doch zu langweilig werden, oder?" Sie machte sich von ihm frei und begann die herumliegenden Bücher einzusammeln. Sie hörte die Tür klappen und endlich konnte sie ihren Tränen freien Lauf lassen. Für wenige Minuten hatte ihr Mann Gefühle zugelassen, war er verletzlich gewesen. Sie, Violetta hatte es geschafft, seine harte Schale zu durchbrechen. Das würde er ihr nie verzeihen, das spürte sie .

Violetta brütete über den Finanzbüchern und zog besorgt ihre Augen zusammen, keine der errechneten Summen in den Büchern stimmte. In jeder Rechnung waren Fehler. Sie griff sich einen Zettel und schrieb die fehlenden Summen auf.

„Hör auf zu arbeiten. Es ist Zeit fürs Bett" Sie schrak zusammen, als sie Arthurs Stimme hinter sich vernahm. Bei der ganzen Arbeit hatte sie vergessen den Riegel wieder vorzuschieben, als Hanna sie verlassen hatte. Violetta unterdrückte einen Fluch, sie ahnte dass ihre Achtlosigkeit sich nun rächen würde.

Arthur stand mit einem Tablett in den Händen hinter ihr und grinste über ihr erstauntes Gesicht. „Es ist spät. Du bist nicht zum Abendbrot erschienen. Meine Männer waren sehr enttäuscht." Auch wenn er lächelte, konnte sie den grollenden Unterton in seiner Stimme hören.

„Stell es irgendwo hin" sagte Violetta nervös. „Ich werde später essen." Sie schrie empört auf, als Arthur sie einfach aus dem Stuhl zog, sie zu ihrem Bett trug und begann, ihr Kleid zu öffnen. Er zog es ihr aus und steckte sie unter die Decke. „Bleib ja liegen" drohte er finster, dann holte er das Tablett und stellte es auf ihre Beine. „Essen" befahl er grollend. Er setzte sich zu ihr und verschränkte seine Arme. Schweigend sah er ihr zu, wie sie die heiße Suppe löffelte. Kaum war der Teller leer, als er das Tablett beiseite stellte und sich zu ihr legte. „Jetzt ist meine holdes Weib gestärkt für das was man „Eheliche Pflichten" nennt", sagte er streng.

„Verschwinde Augenblicklich aus meinem Bett" zischte sie ihn an, doch sein Mund verschloss ihren und seine Zunge begann wieder das erotische Spiel. Er erforschte ihren Mund, forderte ihre Zunge zum Kampf und drückte sie aufs Bett. Seine Hand umfasste ihre Brust, seine Finger reizten ihre Warzen, bis sie sich aufrichteten und hart wurden. Ein leises Stöhnen entrann ihren Mund, Arthur lachte leise auf und sein Mund wanderte an ihrem Hals herunter bis zu ihren Brustwarzen. Violetta schrie leise auf, und schloss ihre Augen, als sein Mund eine der Warzen umschloss und seine Zunge sie noch weiter reizte. Ihr Körper entwickelte ein Eigenleben. Sie keuchte laut, wand und rekelte sich unter ihm, als seine Hand tiefer wanderte einen Augenblick an ihrem Bauchnabel verharrte. „Sieh mich an, Violetta. Ich möchte dass du mich ansiehst" sagte er heiser. Seine Hand drehte ihren Kopf zu sich. „Mach deine Augen auf und sieh mich an." Er hob seinen Kopf und küsste ihr sanft die Tränen aus ihrem Gesicht. Seine Hand schob ihr langes Unterhemd hoch und umspielte ihren Bauchnabel. Seine Lippen strichen qualvoll langsam über ihren Bauch. Violetta schrie leise auf, als seine Hand sich zwischen ihre zusammengepressten Beine zwängte und er das erotische Spiel vom ersten Abend wiederholte. Seine Finger entfachten einen unbekannten Sturm in ihrem Kopf, Violetta hatte das Gefühl, in Flammen zu stehen. „So ist es gut, hör auf dich dagegen zu wehren, du weißt doch wie schön es ist." Seine Lippen wanderten tiefer und hinterließen eine heiße Spur auf ihrem Unterleib. Sie grub ihre Hände in seinem Haar. Längst hatte sie aufgehört, sich zu wehren, aufgehört zu denken.

Violetta bog sich seiner Hand entgegen, wie aus weiter Ferne hörte sie Arthurs heiseres Lachen, als ihr Keuchen lauter, ihr Atem immer schneller wurde. Seine Hand glitt noch etwas tiefer. Seine Finger teilten sie und vergruben sich in sie.

Schlagartig war Violetta wieder klar. Angst und Schmerzerfüllt schrie sie auf. Sie schubste Arthur von sich und sprang hastig aus dem Bett. Panisch zog sie sich ihren Morgenmantel an und verkroch sich weinend in die hinterste Ecke ihres Zimmers. „Wage es nicht, mir zu nahe zu kommen, Arthur von Beneford. Verlass sofort mein Zimmer." Sie weinte still. Beschämend verfluchte sie ihren Körper, der sie verraten hatte, sie willenlos an

Arthur ausgeliefert hatte. „Violetta, lass den Quatsch und komm wieder ins Bett" befahl Arthur jetzt. Er erhob sich und kam zu ihr herüber, ohne auf ihre Gegenwehr zu achten hob er sie hoch und warf sie wütend aufs Bett zurück. „Es ist etwas zu spät um die spröde Jungfrau zu spielen, meinst du nicht, holde Gattin?" sagte er sarkastisch. „Deine Reaktionen eben zeigten mir, dass du eine sehr temperamentvolle Geliebte abgibst. Ich bin neugierig, herauszufinden, was man dir bereits beigebracht hat." Wieder legte er sich neben sie und hielt ihre Hände fest, als sie sich wehren wollte. „Du bist ein dummer, großer Idiot, Arthur. Nichts, gar nichts werde ich dir zeigen. Du wirst mich nie im Leben besitzen!" Violetta versuchte ihn mit den Füßen aus dem Bett zu schieben, doch er legte sich auf sie und schob sich zwischen sie. Überrascht schrie sie auf. „Du wirst mir gehören, Violetta. Entweder freiwillig oder mit Gewalt."Seufzend wischte er ihre Tränen fort. „Weinen hilft dir auch nicht mehr." Sagte er finster, als seine Hand den

Ausschnitt ihres Unterkleides ergriff und das dünne Hemd mit einem lauten Ratsch von ihrem Leib riss. „Du bist wunderschön, Violetta" flüsterte er heiser. „Du machst mich verrückt." Seine Hand umschloss wieder ihre Brust und lächelnd spürte er wie sie erbebte.

„Sir, Sir es ist etwas passiert, das ihre Anwesenheit verlangt" Eine Männerstimme an ihrer Zimmertür rief laut nach Arthur. „Lady Sybille ist die Treppe herunter gefallen und kann ihren Fuß nicht bewegen. Sie befürchtet, er ist gebrochen und verlangt nach euch." Jetzt folgte ein lautes Klopfen der Stimme. Laut fluchend ließ Arthur Violetta los. Schwer atmend erhob er sich aus dem Bett und starrte einen Augenblick auf sie herunter. Beschämt versuchte sie, ihr kaputtes Unterhemd um ihren Körper zu ziehen. Er beugte sich herunter und zog ihr die Fetzen fort, wieder strich er über ihren Körper. „Du bist wunderschön Violetta, wag es nicht, dein Zimmer zu verlassen, ich werde wiederkommen. Wir zwei sind noch nicht fertig." Dann drehte er sich zur Tür. „Ich komme ja gleich!" schrie er wütend, als die Stimme des Mannes wieder zu hören war. Er nahm den großen Kerzenleuchter vom Tisch und begab sich zur Tür. Mit einem gezielten Schlag des Leuchters landete der schwere Riegel auf dem Boden. Dann lehnte Arthur seinen Kopf einen Augenblick an die kalte Wand. „Wag es nicht, dich mir zu entziehen Violetta. Wag es nicht." Er öffnete die Tür und verschwand.

Zitternd blieb Violetta zurück. Tränen überströmt erhob sie sich und suchte ihr Kleid. Ihr Körper versagte seinen Dienst, sie sank in sich zusammen und blieb einen Moment auf dem kalten Boden sitzen. Endlich gehorchten ihre Beine wieder, sie erhob sich und zog ihr Kleid über. Auf keinen Fall würde sie hier auf Arthur warten, wieder sein williges Opfer spielen. Sie verfluchte ihren Körper, der sie jedes Mal verriet, wenn Arthur ihn berührte. Einen Augenblick stand sie ratlos im Flur, wohin sollte sie sich flüchten? Dann ging ein Lächeln über ihr Gesicht. Es gab nur einen Ort an dem er sie nie suchen würde. Sie öffnete die Tür des nächsten Raumes und stand in Arthurs Zimmer. Schnell schob sie den Riegel vor die Tür. Grinsend legte sie sich auf sein Bett. Hier würde er sie nie vermuten. Er würde das gesamte Schloss absuchen, ohne auf das Nahe liegenste zu kommen. Sein Zimmer.

Plötzlich fielen ihr ihre alten Kleider ein. Hier irgendwo hatte der Idiot sie doch versteckt. Sie erhob sich wieder und fand kurze Zeit später ihre Stiefel und die Kleider. Sie kleidete sich glücklich um und legte sich wieder auf das Bett. Sie zog sich das Kissen zu Recht. Schnuppernd vergrub sie ihre Nase darin, es roch nach Arthur. „Blöder Idiot, arroganter Dummkopf" fluchte sie vollkommen müde. Erschöpft fielen ihr die Augen zu.

8. KAPITEL

Es dämmerte bereits, als lautes Klopfen an der Zimmertür Violetta aus dem tiefen Schlaf riss. Sie hörte Arthurs leise Flüche. „Violetta, wenn du da drin bist, mache die Tür auf, verdammt. Öffne die Tür!" Sie hob müde ihren Kopf und überlegte einen Augenblick, wo sie war, wie sie hierhergekommen war. Dann kamen ihre Erinnerungen an die vergangene Nacht. Wieder hörte sie Arthur rufen. Andere Stimmen mischten sich dazu. „Violetta, wir haben das ganze Schloss abgesucht nach dir! Ich schwöre, ich lege dich übers Knie" wieder schlug Arthur mit den Fäusten gegen die Tür.

„Verschwinde Idiot, Blödmann, eingebildeter Armleuchter! Lass mich schlafen. Du bist der Letzte, den ich sehen will!" schrie sie wütend zurück. Sie griff einen seiner Stiefel und warf ihn mit Schwung und lautem Krach gegen die schwere Tür. Mit Befriedigung hörte sie Arthur noch lauter fluchen.

„Lass mich mit ihr reden, Bruder" hörte Violetta endlich die helle Stimme Hannas. „Geh raus. Geh kämpfen, reiten oder irgendetwas anderes, aber reagiere dich ab! So wirst du bei Violetta nichts erreichen!" Einen Augenblick blieb es vor der Tür ruhig. „Vielleicht hast du Recht, Schwester, aber das hast du ja eigentlich immer. Ich werde gehen" Wieder schlug er wütend mit der Faust gegen die Tür. „Du hast Arrest! Wage es ja nicht, auch nur einen Schritt vor die Schlosstür zu setzen! Sehe ich dich draußen, sperre ich dich in den Kerker." Wieder schlug er gegen die Tür. „Ich scherze nicht!" Endlich hörte Violetta, wie er sich entfernte. Sie erhob sich vom Bett und rannte zur Tür. „Sei ehrlich, Hanna. Ist er weg?" fragte sie Hanna flüsternd. Gespannt wartete sie auf Antwort.

„Ja, Kind, der Wüterich hat die Höhle verlassen. Komm, mach auf." Hanna lächelte, als Violetta den Riegel löste und die Tür einen Spalt öffnete. Sie schlüpfte in das Zimmer und umarmte Violetta lange. „Du hast uns alle ganz schön in Angst und Schrecken versetzt. Arthur hat dein Zimmer leer vorgefunden, und das Schlimmste angenommen. Wir alle waren auf der Suche nach dir" Hannas leiser Vorwurf ließ Violetta aufseufzen. Dann schlich sich ein winziges Lächeln in ihr Gesicht. „Dabei war ich eine ganz brave Ehefrau und habe in seinem eigenen Bett auf ihn gewartet." Sie atmete erleichtert auf, als Hanna jetzt in lautem Lachen ausbrach. „Wo du Recht hast, hast du Recht. Auf die Idee, hier zu suchen, kam mein lieber Bruder natürlich nicht. Bist eine ebenbürtige Gegnerin für ihn, aber dass sagte ich bereits, oder?" Hanna drehte Violetta ins Licht und versuchte in deren Gesicht zu lesen. „Aus der Reaktion meines Bruders entnehme ich dass er immer noch nicht viel weiter mit dir gekommen ist, oder? Er weiß immer noch nicht, dass du noch unberührt bist?" Violetta schüttelte hochrot ihrem Kopf. Wieder musste sie an die vergangene Nacht denken, wie nah Arthur ihr gekommen war, welches Feuer seine Hände und seine Lippen in ihrem Körper entfacht hatten. „Lady Sybilles Unfall hat mich gerettet, Hanna. Es war merkwürdig, aber Arthur hat ein Feuer in mir entfacht, dass ich es fast bedauert habe, als er gegangen war. Ich war danach nicht mehr fähig zu denken." Violetta schnürte ihre schweren Stiefel nach, sie beugte sich tief über ihre Röcke, um ihr erhitztes Gesicht zu verbergen. „Danach wurde ich panisch und dann fiel mir der einzige Ort ein, wo mein holder Gemahl mich nie vermuten würde. In der Höhle des Löwen." Hanna lachte herzhaft auf. Sie setzte sich zu Violetta aufs Bett und riss sie beim Lachen mit auf die Liegefläche. Beide Arme ausgebreitet, lag sie lachend da. „Dein Vater hat echt etwas gut bei mir, dass er dir das Lesen beigebracht hat. Du bist zu einer klugen Frau und einer wirklich perfekten Partnerin für meinen oft einfältigen Bruder herangewachsen. Arthur ahnt im Moment nicht einmal, wie viel Glück er mit seiner Wahl hatte."

Violetta sah zum Fenster und seufzte leise auf. Es wurde Zeit sich in die Küche zu begeben, um das Frühstück zu überwachen. Die Köchin war neulich an sie herangetreten und hatte sie gebeten, ihr noch etwas bei dem Zubereiten der Mahlzeiten zu helfen. Außerdem fielen ihr wieder die Finanzbücher ein. Die hatte Violetta nach den gestrigen Ereignissen vollkommen vergessen. Sie musste unauffällig die vorhandenen Lebensmittel in der Küche mit den Abrechnungen der Kaufleute überprüfen. Eine böse Ahnung überkam sie. Entschieden wandte sie sich um. „Im Moment denke ich, verflucht dein Bruder mich sekündlich. Was ist eigentlich mit Lady Sybilles Fuß?" Sie ging den langen Flur herunter, gefolgt von Hanna, die es nicht wagte, von ihrer Seite zu weichen, aus Angst vor ihrem Bruder. „Nichts. Es war lediglich eine leichte Verstauchung, ich denke, sie hat alles nur gespielt, weil sie Arthur gestern Abend mit dem

Tablett zu dir hat gehen sehen. Ich sagte dir doch, sie ist ein raffiniertes Luder."

Violetta band sich ihre Schürze um und lächelte, als sie bemerkte wie unwohl Hanna sich in der Küche fühlte. Sie griff sich den vorbereiteten Brotteig und warf ihn mit Wucht auf die große Arbeitsfläche. „Hanna, du kannst gerne gehen. Ich verspreche dir hoch und heilig, bis zum Frühstück keine weiteren Dummheiten anzustellen." Violetta hob beschwörend ihre Finger. Sie grinste, als sie ihre Schwägerin aus der Küche flüchten sah.

Auch diesmal ließen sich die Männer nicht lange bitten, als Violetta sie zum Frühstück rufen ließ. Sie saßen bereits am langen Tisch, als sie den Saal betrat. „Entschuldigen sie meine Verspätung, meine Herren, aber ich musste mich erst noch umkleiden." Sagte sie lächelnd, als die Männer sich erhoben. Auch Sybille saß heute bereits am Tisch. Miesmutig verzog sie ihr Gesicht, als Arthur sich zu Violetta begab und ihr den Stuhl zu Recht schob. „Sie haben das ganze Schloss in Aufruhr gebracht heute Nacht. An Schlaf war nicht zu denken!" Fauchte sie Violetta an, kaum dass Arthur die Tafel eröffnete.

„Nun, daran waren sie wohl nicht ganz unschuldig, oder?" antwortete Violetta und dankte einem der Männer mit ihrem charmantesten Lächeln für die Butter, die er ihr reichte, sich Arthurs finsteren Blick bewusst. „Wer hat denn unsere Ruhe gestört und meinen Mann mitten in der Nacht zu sich rufen lassen?"

„Ich war schwer verletzt und habe seine Hilfe benötigt, aber war das ein Grund, sich aus seinem Kämmerlein zu flüchten und sich zu verstecken? Ich habe ihn doch zu euch zurückgeschickt, nachdem er mir geholfen hat." Sybille lächelte hinterhältig und zwinkerte verführerisch mit ihren Augen in Arthurs Richtung. Dieser hob nun seinen Kopf und sah zu Violetta herüber, gespannt, was sie auf diese offene Provokation erwidern würde. Auch die anderen Männer schwiegen und warteten auf Violettas Antwort. Charmant lächelnd nahm Violetta sich eine Scheibe Brot und bestrich diese mit dick Butter. Dann schenkte sie sich Milch ein und prostete Arthur zu. „Da haben sie etwas falsch verstanden, Sybille. Ich bin nicht geflüchtet oder habe mich versteckt. Ganz im Gegenteil. Ich habe, wie es mir als gute Ehefrau geziemt, das Bett meines Mannes warm gehalten. Fragen sie Arthur, er wird ihnen bestätigen, dass er mich in seinem Zimmer vorgefunden hat!" Violetta trank einen Schluck Milch und sah mit Genugtuung, wie sich das Gesicht ihrer Kontrahenten vor Wut verzerrte. Sie freute sich, als einer der Männer sich zu ihr beugte. „Gut pariert, My Lady" flüsterte er ihr zu. Violetta lachte auf, sie hob ihren Kopf und starrte in das zornige Gesicht Arthurs, der gerade seine Stimme erheben wollte, als ein Diener zu ihm trat.

„Sir, der Schatzmeister ist heute Morgen nicht in seiner Kammer. Er ist unauffindbar und seine ganzen persönlichen Sachen sind auch verschwunden." Der Diener verbeugte sich und trat einen Schritt zurück, als Arthur sich nun abrupt erhob und über den Tisch hinweg zu Violetta sah. Sie verstand und erhob sich ebenfalls. Schweigend folgte sie ihm in die Bibliothek.

„Violetta?" Arthur stellte sich wieder ans Fenster und starrte auf den großen Park. Sie wusste, was er wissen wollte, auch wenn er es nicht aussprach. Sie kam zu ihm herüber und legte ihre Hand wieder sanft auf seinen Arm. „Ich habe zwar erst die Bücher vom letzten halben Jahr überprüfen können, Arthur, weil ich ja rüde unterbrochen worden war." Sie suchte vergeblich nach einem Lächeln in seinem Gesicht. Er blickte ernst und stur aus dem Fenster. Violetta wusste, er bekam von dem Treiben dort draußen nichts mit. Sie seufzte leise. „Also es fehlen horrende Summen, Arthur. Nicht nur Geld, auch wurden mehr Lebensmittel abgerechnet, als tatsächlich geliefert wurden. Robert scheint nicht nur ein Dieb sondern auch ein Betrüger zu sein, der mit den Kaufleuten unter einer Decke steckt. Wie groß das Ausmaß tatsächlich ist, kann ich erst sagen, wenn ich alle Bücher durchgearbeitet habe."

Arthur lehnte seinen Kopf gegen die Fensterscheibe und seufzte leise. „ich habe ihm vollkommen vertraut, Violetta. Seit dem Tod meines Vaters hat er sich um alles gekümmert. Die Finanzen, den Einkauf, das ganze Schloss. Ich habe ihm alles überlassen und war auch noch zornig auf dich, weil du dich in Sachen einmischt, die, wie ich dachte, dich nichts angehen." Violetta hatte mit Zorn, Wut oder Aggressivität gerechnet nach ihrem Bericht. Doch diese Verletzlichkeit und Traurigkeit in Arthurs Stimme ließ sie ihre Abwehr vergessen. Sie legte ihre Arme um seine Hüfte und legte ihren Kopf auf seine Brust um ihm Trost zu spenden. Minutenlang schwiegen beide und Violetta genoss die Wärme, die von ihm ausging, den Frieden, der plötzlich zwischen ihnen herrschte. Ohne es beabsichtigt zu haben, hatte Arthur ihre Mauer aus Hass und Abwehr durchbrochen. „Ich werde mich gerne auch in Zukunft um die Geldangelegenheiten des Schlosses kümmern, Arthur. Es macht mir Spaß, Zahlen zu rechnen." Sagte sie leise. Noch immer antwortete er nicht. Violetta war es recht. Ihren Kopf an seiner Brust gelehnt, horchte sie seinem Herzschlag. „Ich möchte mich bei dir bedanken, Violetta" Sagte er leise und hob ihren Kopf zu sich. Schlagartig war sie wieder bei Sinnen, als sein Mund sich ihrem näherte. Sie trat einen Schritt zurück und stemmte ihre Hände entschieden gegen seinen Körper, als er sie festhielt und wieder zu sich zog. „Nur ein unschuldiger Kuss, Frau" sagte er leise, und sie konnte wieder den gewohnten leicht ironischen Unterton in seiner Stimme heraushören. „Auf diese Art von Dank kann ich gerne verzichten" zischte sie und fluchte, als er ihren Mund gefangen nahm und ihre Lippen auseinander zwang. Ohne es wirklich zu wollen, erwiderte sie den Kuss. Ihre Zunge antwortete seiner. Sie strich vorsichtig über seine Lippen, umspielte seine

Zähne und stöhnte, als er es ihr gleichtat. „Du vielleicht, ich ganz bestimmt nicht." Sagte er endlich schwer atmend und schob sie ein winziges Stück von sich um ihr ins Gesicht sehen zu können. „Das Küssen hast du gut gelernt, holdes Weib" sagte er leise und sein sarkastischer Ton verletzte Violetta mehr, als wenn er sie geschlagen hätte. Sie riss sich von ihm los und suchte Abstand. „Wenn, dann von dir! Ich weiß, du glaubst es ja eh nicht, aber vor dir habe ich nie einen anderen Mann geküsst!"

Sie raffte ihre Röcke, hob ihren Fuß und trat wieder zu. „Du würdest die Wahrheit nicht mal erkennen, wenn sie nackt vor dir Menuett tanzen würde!" Wütend streckte sie ihm die Zunge heraus und rannte die Treppe hoch zu ihrem Zimmer. Dort lehnte sie sich völlig außer Atem gegen ihre Zimmertür. Arthur war und blieb ein sturer, borniertes Idiot. Die wenigen Minuten die sie es geschafft hatte, seinen harten, arroganten Panzer zu durchbrechen kamen ihr plötzlich unwirklich und fremd vor.

9. KAPITEL

Sie hatte das Gefühl alles nur geträumt zu haben, als sie ihr altes Wollkleid anzog. Arthurs

Arrest war ihr egal, sie musste unbedingt an die frische Luft. Plötzlich hatte sie das Gefühl, hier im Schloss zu ersticken. Jeden Tag tat sie dasselbe, traf dieselben Menschen, unterhielt sich immer über die gleichen Themen.

Ein Lächeln erschien auf ihrem Gesicht, als sie wusste, was sie tun würde. Sie flocht ihre Haare zu zwei dicken Zöpfen, zog ihre Stiefel an und begab sich in den langen Flur. Sie hatte Glück. Er war um diese Zeit Menschenleer. Violetta atmete tief auf, als sie unbemerkt die Schlossmauer erreichte und sich mit einem geschickten Klimmzug daran hochhangeln konnte. Sie ließ sich an der anderen Seite herunter und sah sich um. Völlig allein stand sie zum ersten Mal seit ihrer Ankunft hier in Beneford außerhalb des Schlosses. Ihrer Kleidung und ihrem Aussehen nach würde sie niemand für die Königin halten, das wusste Violetta. Das gleiche hatte sie oft genug in ihrer Heimat gemacht. Sie würde sich auch hier unbemerkt unter das Volk mischen, sich das Dorf und die nächstgrößere Stadt ansehen. Es war noch früh am Tag, sie würde die Stadt bequem zu Fuß erreichen, bevor es Mittag war. Sie würde zurück sein, bevor irgendjemand ihr Fehlen bemerken würde.

Violetta hatte Glück. Ein Fuhrwerk hielt, als sie die staubige Straße entlang lief. Lachend bot der Bauer ihr an, sie mit in die Stadt zu nehmen. Sie solle sich zu den anderen Jugendlichen aufs Heu setzen. Lachend nahm sie das Angebot an und warf sich ins Heu. Schnell hatte sie Freundschaft mir den fünf anderen jungen Menschen geschlossen. Zusammen sangen sie den Weg über alte Volkslieder und erzählten sich Geschichten.

„Wo kommst du her, wo willst du hin, Violetta?" fragte sie ein zwanzig Jähriger Mann, der sich ihr als Luis vorgestellt hatte. „Ich will in die Stadt zu meinen Onkel. Er will mich in seiner Schmiede aufnehmen. Unser Hof ist zu klein für meinen Bruder und mich, und da er älter ist als ich, musste ich gehen." Berichtete Luis und zog Violetta frech an den Zöpfen. „Aber das ist nicht so schlimm. Ich bin gerne gegangen. In der Stadt gibt es entschieden hübschere Mädchen" Wieder zog er ihr an den Zöpfen und brachte Violetta damit zum Lachen. „Du solltest die Verlobte meines Bruders sehen" Luis blähte sich auf und verzog sein Gesicht zu einer Grimasse. „Da bist du eine viel bessere Wahl. Es muss Schicksal sein, dass ich dich treffen durfte. Komm mit mir, mein Onkel kann eine Magd gebrauchen."

Lachend den Kopf schüttelnd ließ Violetta sich zurück ins Heu fallen und schloss ihre Augen. Es war ein so schöner Tag. Die Sonne schien angenehm warm auf ihr Gesicht und die Stimmen der anderen Jugendlichen lullten sie ein. Sie war fast eingeschlafen, als der Bauer sein Fuhrwerk erneut anhielt. „Macht ein wenig Platz dahinten, ihr bekommt Gesellschaft" rief er hinter sich. Die Jugendlichen rutschten beiseite als jemand aufsprang. Violetta hielt ihre Augen geschlossen, es war ihr egal. Sie würde etwas Schlaf nachholen, bis sie in der Stadt angekommen waren.

Erst als sie „Danke Bauer, hast was gut bei mir" hörte, schreckte sie hoch und sah in das äußerst grimmige Gesicht ihres Mannes. „Was hast du denn, Violetta, siehst aus, als hättest du ein Gespenst gesehen." Luis wickelte sich einen ihrer Zöpfe um die Hand und zog scherzhaft daran. Arthur rutschte zu ihm herüber und löste grob seine Hand aus Violettas Haar. „Nein, kein Gespenst" sagte er grollend. „Nur jemanden den sie nicht erwartet hätte." Er ließ sich neben Violetta ins Heu fallen und atmete den würzigen Geruch tief ein. „Riecht herrlich, nicht?" sagte er so belanglos, das sie ihren Kopf drehte um sich zu vergewissern, dass wirklich und Tatsächlich Arthur von Beneford neben ihr lag. „Hast dir einen schönen Tag zur Stadtbesichtigung ausgesucht." Sagte er wieder und schielte grimmig zu Luis herüber, der immer noch fragend neben Violetta saß.

„Du kennst den Mann, Violetta?" fragte er endlich und schubste sie leicht an, weil sie nicht gleich antwortete. Arthurs Grinsen entging ihm nicht, als Violetta jetzt laut aufseufzte. „Kennen ist zu viel gesagt, Luis. Er ist mein Ehemann" Sie fluchte leise, Arthur ergriff ihre Hand und zog sie besitzergreifend an sich, so dass sie auf ihn fiel und ihr Kopf in seinem Schoß landete. „So ist es, Luis. Dieser Vogel wurde bereits gefangen. Glück für den Fänger, Pech für den Jäger."

„Keinen Streit dahinten" rief der Bauer jetzt drohend „oder ihr geht alle zu Fuß weiter! Wir sind gleich in der Stadt! Prügelt euch da, wenn's sein muss!"Er schnalzte und trieb die Pferde zu einer schnelleren Gangart an.

„Wo kommst du her?" zischte Violetta ihm zu. Sie sah das Bedauern in Luis Gesicht und war unendlich wütend auf Arthur, der die Situation zu genießen schien, sich über sie beugte, und sie leicht auf den Mund küsste. Demonstrativ zog er sie dichter an sich heran. Luis verstand und rückte ab. Er drehte ihnen den Rücken zu und unterhielt sich mit den anderen jungen Menschen auf dem Heuwagen. Er tat Violetta leid. Sie wollte sich aufsetzen, wurde von Arthur jedoch energisch zurück gedrückt. „lass ihn, so ist es besser. Er wird so schneller darüber hinwegkommen" Seine Hand strich ihr übers erhitzte Gesicht und fuhr die Konturen ihrer Lippen nach. „Worüber soll er hinwegkommen?" fragte sie ihn irritiert und lief rot an, als Arthur nun leise auflachte. „Du bist wirklich so naiv, oder? Er hat sich auf den ersten Blick in dich verliebt, du Schaf." Flüsterte er ihr zu. „So ein Quatsch" flüsterte sie zurück. „So etwas wie Liebe auf dem ersten Blick gibt es nicht." Verwundert sah sie den leichten Schleier in seinen Augen. „Ach ja? du würdest dich wundern" antwortete er langsam. „Es gibt sehr wohl Liebe auf dem ersten Blick, du Dummerchen. Und sie dauert an, egal wie schlecht der Charakter des Erwählten dann auch sein mag."

Dann lächelte er plötzlich. „Glaubst du, ich hätte dich aus den Augen gelassen seit heute Morgen? Ich bin dir gefolgt, als du dich aus dem Schloss geschlichen hast, holdes Weib. Während du dich auf den Heuwagen gesetzt hast, bin ich dir mit dem Pferd gefolgt, doch dann wurde mir die Zuneigung des Jungen zu viel und ich habe mit meinem Diener die Kleidung getauscht." Er wies auf seine Hosen und die viel zu kurzen Hosenbeine. Violetta kicherte leise. Das alte Wams spannte um seine Muskeln und die Mütze saß schief auf seinem Kopf. „Lach nur, Frau. Die Strafe folgt. Ich habe deinen Arrest nicht vergessen." Er lehnte sich zurück und schloss seine Augen. „Jetzt lass uns die Heufahrt genießen. Wer weiß, wann wir wieder dazu kommen werden." Auch Violetta machte es sich in seinem Schoß bequem und schloss ihre Augen. Plötzlich war sie froh, nicht allein in der ihr unbekannten Stadt zu sein. Arthur würde auf sie achten. „Sag, Art…" Sie schluckte schnell seinen Namen herunter, um niemanden auf die Wahrheit zu stoßen. „Sag, holder Gemahl, hast du eigentlich Geld dabei?" Sein Grinsen ließ sie erröten. „Du etwa nicht?" leicht tadelnd zog er ihr am Zopf. „Dabei sagte dein Bruder doch, du seist Erfahren im Ausreißen." Arthur nahm einen Grashalm und kitzelte sie damit an der Nase. Spielerisch schlug Violetta nach seiner Hand, die er immer wieder rechtzeitig wegzog, bevor sie ihn treffen konnte.

„Ich habe nie Geld benötigt, wenn ich unterwegs war" antwortete sie lächelnd. „Ich habe für mein Essen und Trinken stets gearbeitet." Sofort zog er seine Augenbrauen finster zusammen und ließ den Grashalm fallen. Violetta ahnte, woran er dachte. Sie hob ihre Hand und strich ihm die Falten aus dem Gesicht. „Was glaubst du, woher ich so gut kochen kann? Oder Brot backen? Ich kann auch Kleider nähen, scheue mich nicht Wasser zu schleppen oder Kühe zu hüten. Es gibt viele Arten für sein täglich Brot zu arbeiten, werter Gemahl."

Eine Begebenheit fiel ihr ein und sie musste laut kichern. Befremdet hob Arthur seinen Kopf. „Einmal, ich war 15 Jahre alt, habe ich bei einer Weizenernte geholfen. Es war so ein schöner Tag gewesen, viel zu schön, um ihn im Schloss zu verbringen. Ich half bei der Ernte, freundete mich mit den Leuten an. Besonders mit einem jungen Mann, der die Kiepen entgegen nahm und sie auf dem Heuwagen leerte. Er schien einen Narren an mir gefressen zu haben und ärgerte mich freundlich. Wir alberten so mächtig herum, dass ich vollkommen die Zeit vergaß. Gilbert war bereits seit Stunden unterwegs, mich suchen. Er kam zum Acker, stieg vom Pferd, und lief wütend über das Feld. Ich stand sonnenverbrannt mit meiner Weizenkiepe auf dem Rücken mitten unter den ganzen jungen Leuten, hatte mich hinter dem Rücken des jungen Mannes versteckt und Gilbert entdeckte mich nicht. Er bestieg sein Pferd und ritt davon." Sie schloss ihre Augen, als sie sich erinnerte. „Der junge Mann war fast ebenso groß und breit wie du, ich reichte ihn nicht mal bis zur Schulter. Ich habe mich, entschuldige bitte, ein ganz ein wenig in ihn verliebt, als wir später auf dem Bauernhof zusammen saßen und er sich mit mir sein Brot geteilt hat. Er hatte nur die eine Scheibe Brot, aber er teilte sie gutmütig mit einem 15 jährigem Kind. Er hatte seinen Arm um mich gelegt und ich schlief erschöpft ein. Aber dann fanden mich Gilbert und seine Männer." Ihre Hand fuhr über ihren Hintern. „Gilberts Strafe danach hat sich sehr schmerzhaft in meine Erinnerung gebrannt. Er verprügelte mich noch an Ort und Stelle und sperrte mich wochenlang in den Turm" Violetta hob ihren Kopf. Sie wartete auf eine Antwort, auf ein Lachen, oder einer Rüge über ihr wiedermal unzüchtiges Verhalten, doch nichts geschah. Keine Antwort kam von Arthur.

Erstaunt bemerkte sie, dass Arthur die Augen geschlossen hatte und den Rest der Fahrt schwieg. Er zog sie an sich, hielt sie in fest seinen

Armen und schwieg. Seufzend beugte Violetta sich seinem Willen und schwieg ebenfalls.

10. KAPITEL

Das Fuhrwerk hielt und der Bauer wandte sich um. „Wir sind auf dem Marktplatz, Leute. Viel Glück auf euren weiteren Weg" rief er gutmütig. Arthur sprang herunter und hielt seine Arme auf. Grinsend sah er zu Violetta auf. „Du wirst mir schon vertrauen müssen, holdes Weib. Komm, ich fang dich auf." Auflachend ließ Violetta sich in seine Arme fallen, die sie fest umfingen und sie sicher auf den Boden stellten. Sie wollte sich von ihm befreien, als er sie noch kurz festhielt und ihren Kopf zu sich hob. „Eine Abmachung. Nur für heute, nur für diesen einen Tag. Lass uns Frieden halten. Wir wollen den Tag genießen, ohne Streit und Kämpfe." Bittend sah er sie an und Violetta schmolz dahin. Sie nickte und senkte schnell ihren Kopf um seinem Blick auszuweichen. Sie sah sich suchend um. „Wo ist Luis hin?" Sie wollte sich wenigstens noch ihm verabschieden. „Ist weggegangen. Ist besser so, Weib, glaub mir" sagte Arthur. Er griff Violettas Hand und zog sie über den großen Marktplatz, wo viele Händler ihre Ware anboten. Violetta zog Arthur zum Brunnen und hielt durstig ihre Hand unter die altertümliche Pumpe, die Arthur gutmütig bediente. „Stets ihr ergebener Diener" scherzte er. Violetta sammelte Wasser in ihren hohlen Händen und hielt sie ihm entgegen. „Du willst wohl, das auch ich dir aus der Hand fresse, was?" Arthur senkte seinen Kopf und trank das Wasser, das sie ihm anbot. Er legte seinen Arm um ihre Schultern und schlenderte mit ihr weiter über den Marktplatz. Plötzlich blieb Violetta stehen. Ein kleiner Stand war ihr ins Auge gefallen. Ein dicklicher Mann hatte mehrere Vitrinen auf einem Tisch stehen, indem sich allerlei Schmuck befand. Sie zog Arthur zu dem Tisch und wies mit der Hand auf einen kleinen, schmalen Goldring, der mitten unter den großen und breiten Armreifen kaum zu sehen war. Arthur grunzte. In seiner Schatzkammer befanden sich bedeutend edlere Schmuckstücke.

„Guten Tag, Bursche" Der Händler wischte sich den Schweiß von der Stirn und holte den Ring aus der Truhe. Er hatte Schwierigkeiten, den schmalen Reif mit seinen dicken Fingern zu greifen. „Suchst ein Schmankerln für deine Liebste, was? Ich hoffe du hast genug Geld dabei. Dein Liebchen hat einen guten Geschmack." Violetta stieß Arthur grob in die Rippen, bevor er dem Mann zornig antworten konnte. Sie nahm den Ring und steckte ihn sich an die Hand. Er passte perfekt. „Er ist wunderschön" sagte sie lächelnd.

„Na, Bursche. Deine Liebste hat sich entschieden, wie es scheint. Der Ring kostet zwei Kronen", der

Mann rieb sich die Hände. Das würde ein gutes Geschäft werden, das spürte er. „Nun gib deinen Herzen einen Stoß, ich sehe doch wie verliebt du in sie bist" sagte er um Arthur umzustimmen. Dieser nahm Violetta den Ring ab, warf ihn ärgerlich in die Vitrine zurück und zog sie ein Stück abseits. „Violetta, in meiner Schatzkammer liegen hunderte von Ringen, alle schöner und edler als dieses Teil. Was ist mit dem Ring, den ich dir zur Hochzeit schenkte?" Er zog unwillig seine Augen zusammen, als er daran dachte, dass sie diesen noch nie getragen hatte. „Du meinst dieses Monsterteil mit dem großen Diamanten? Stell dir mal vor, wie ich den beim Brotteig kneten trage, oder beim Bogenschießen." „Oder beim Erklettern einer Schlossmauer" warf Arthur grinsend ein. Er lächelte bereits wieder, als Violetta sich jetzt an ihn schmiegte und ihre Hand an seine Wange legte. „ Dieser Ring ist ideal, Arthur. Klein und schmal, genauso wie ich. Er wird mich auf ewig an diesen verzauberten Tag erinnern. Spätestens heute Abend werden wir uns wieder bekriegen, da bin ich mir sicher. Aber dieser Ring wird mich daran erinnern, dass es auch eine andere Zeit zwischen uns gab." Ein Grinsen ging über ihr Gesicht. Sie stellte sich auf die Zehenspitzen und küsste Arthur auf den Mund. „Ich weiß was. Wir schließen eine Wette. Wenn ich es schaffe, den Ring für nur eine Krone zu bekommen, kaufst du ihn mir, einverstanden?" „Einverstanden, ich bin gespannt, wie du dass schaffen willst."Er hielt ihren Kopf fest und küsste sie hingebungsvoll. Er genoss, dass Violettas Widerstand ausblieb und sie seinen Kuss willig erwiderte.

Violettas kam zum dicklichen Mann zurück und griff wieder den Ring. Sie steckte ihn sich an die Hand und hielt sie dem Mann hin. Dann ließ sie eine Träne ihre Wange herunterlaufen. „Wissen sie edler Herr" begann sie seufzend und boxte Arthur in die Seite, weil er sein Lachen kaum unterdrücken konnte. Wisst edler Herr" wiederholte sie und setzte ihr charmantestes Lächeln auf, während ihr wieder eine Träne herunter rann, „Wir haben heute Morgen erst geheiratet und sind nun in der Stadt um Arbeit zu finden. Mir wird dieses leicht fallen, denn ich habe viele Talente. Doch mein geliebter Gemahl leider nicht. Er ist sehr ungeschickt in Handwerklichen Dingen." Wieder trat sie Arthur auf dem Fuß. Fast hätte er aufgelacht und sie verraten. „ Also, er möchte mir gerne einen Ehering schenken, doch wir sind arm und unser letztes Geld ging für den Pastor drauf." Violetta klimperte mit den Wimpern an denen Tränen hingen. Wieder seufzte sie theatralisch auf. „Edelster Mann, habt ein Einsehen mit einem verliebten jungverheirateten Paar und erlasst uns eine Krone." Der dicke Mann seufzte laut. Wieder wischte er sich den Schweiß ab. Sein Blick ging von Arthur zu Violetta, die ihre Arme um ihren Mann warf und ihn mit verliebten Augen anstrahlte. „Ich liebe ihn so sehr, edler Herr, habt ein Einsehen."

„Na gut um Gottes Willen. Gebt mir eine Krone, aber jetzt und gleich, bevor ich es mir noch einmal überlege!" donnerte er laut, aber Violetta spürte die Gutmütigkeit des Mannes. „Oh habt Dank, edler Herr. Tausend Dank. Der Himmel wird es euch lohnen" rief sie und strahlte Arthur an. „Hast du gehört, geliebter Gemahl. Komm danke auch du den edlen Herren für seinen Großmut." Sie zupfte Arthur heftig am Wams und sah wie er eine Krone aus der Tasche zog. Nur unter größter Mühe wie es schien konnte er sein Lachen unterdrücken. Er verbeugte sich und reichte dem Händler die Münze. „Habt Dank für euren Edelmut, werter Herr. Meine Frau wird den Ring in Ehren halten. Wir werden ihn an unsere erste Tochter weitergeben, wenn sie mal heiratet" Violetta und er wollten sich gerade entfernen, als der Händler sie zurückrief. Er ergriff Arthurs Hand und schob einen anderen Ring auf dessen Mittelfinger. „Es sind zwei. Beide sind identisch. Du hast beide erworben, Bursche. So und nun macht dass ihr weiterkommt, bevor ich euch verhaften lasse! Das grenzt schon an Straßenräuberei" schimpfte er laut. Er nahm

Arthurs Münze und besah sich das Goldstück. Er schluckte als er sich das Konterfei darauf genauer ansah. Sein Blick ging von der Münze zu Arthur wieder zur Münze. Arthur zwinkerte den völlig sprachlosen Mann zu, zog seine Mütze und verbeugte sich wieder. „Habt Dank Mann. Ihr habt meinem Weib und mir eine große Freude gemacht." Er legte seinen Finger auf die Lippen und gebot dem Mann Stillschweigen, als dieser sich die Mütze vom Kopf riss und sich hastig verbeugte. „Hoheit, dass ich euch nicht gleich erkannt habe…" Arthur griff Violettas Hand und zog sie eilig in die riesige Menschenmenge. Bei einem großen Holzstapel blieb er stehen, lehnte sich dagegen und brach in lautes Lachen aus. Er brüllte fast vor Lachen und hielt sich seine Seite, weil er kaum noch Luft bekam. „Du, Du bist einmalig Violetta! Und ich habe geglaubt, Gilbert hätte übertrieben, abends am Lagerfeuer wenn er mir Geschichten von dir erzählt hat. So langsam glaube ich jedoch, er hat sogar noch untertrieben." Arthur zog Violetta an den langen

Zöpfen. Wieder lachte er auf und besah sich seinen Ring am Finger. „Du bist eindeutig die beste Schauspielerin, die ich kenne. Es wundert mich, dass der arme Mann sie uns nicht geschenkt hat." Er verstummte, als er Violetta plötzlich weinen sah. „Was ist, Kleine?" Besorgt wischte er ihre Tränen fort.

„Gilbert hat von mir erzählt? Er hat dir meine Streiche berichtet? Ich dachte immer, er würde sich seiner wilden unerzogenen Schwester schämen." Violetta schüttelte ungläubig ihren Kopf. „Er ließ mich sogar mal in den Turm sperren, drohte mir mit Kerker und Kloster, wenn ich nicht endlich anfangen würde, meine Tage mit sticken und nähen zu verbringen." Sie seufzte laut auf. Arthur zog sie zu sich und schloss sie in die Arme. „Ich habe noch keinen Mann erlebt, der stolzer auf seine kleine Schwester ist. Gilbert liebt dich sehr, kleine Frau. Er hat dich nur sehr ungern ziehen lassen und nur weil er weiß dass du bei mir in guten Händen bist."

„Darüber lässt sich streiten" erwiderte Violetta plötzlich wieder kämpferisch und wischte sich die letzten Tränen mit dem Ärmel aus dem Gesicht. „Du verlangst Dinge von mir, zu denen ich nicht bereit bin"

„Noch nicht" antwortete Arthur und zog sie wieder zum Marktplatz zurück. „Ich sterbe vor Hunger, werte Frau" sagte er um das Thema zu wechseln und wies auf eine Schankstube. „Hast du auch dafür eine günstige Lösung?" Er seufzte übertrieben leise. „Die Ringe haben ganz schön an meinem Vermögen gezerrt." Er schob Violetta in die dunkle verrauchte Stube und suchte einen freien Tisch. Heute, am Markttag war hier viel Betrieb. Jetzt kam der Wirt und verbeugte sich kurz. Sein Blick glitt über Violetta und er lächelte dreckig. Schlagartig verschwand das Lächeln, als er Arthurs finsteren Blick auffing. „Mein Weib und ich haben Hunger, Wirt" sagte Arthur grimmig. Er legte besitzergreifend seinen Arm um Violetta.

„Könnt ihr denn zahlen?" Der Wirt blieb stehen und wartete. Zuerst wollte er das Geld sehen, sich davon überzeugen, nicht betrogen zu werden. Arthur griff in seine Tasche und förderte einige Kupfermünzen hervor, die er klangvoll auf den Tisch fallen ließ. „Das sollte reichen, Wirt. Jetzt tisch auf." Der Wirt verschwand eilig.

Immer noch schwieg Violetta. Ihre Gedanken waren bei ihrer Familie, die Erwähnung ihres Bruders hatte das Heimweh in ihr geweckt, das spürte Arthur. Er sah sich um und grinste, als er eine Laute auf einen der Stühle liegen sah. Er griff danach und stimmte ein altes Volkslied an. Überrascht hob Violetta den Kopf. „Du spielst Laute?" Ein Lächeln stahl sich auf ihr Gesicht. Sie kannte das Lied und erst leise, dann laut sang sie den Text, während Arthur spielte. Die Menschen in der Schankstube verstummten. Ergriffen lauschten sie Violettas wunderschöner dunkler Stimme. Sie applaudierten laut, als sie endete. „Bitte, ihr zwei, spielt weiter" Der Wirt kam aus seiner Küche und eilte zu ihnen. „Dein Weib hat eine bemerkenswert schöne Stimme. Spiel weiter und ihr bekommt euer Essen umsonst." Zufrieden verschwand er wieder, als Arthur ein weiteres Lied anstimmte, von dem er annahm, Violetta würde den Text kennen. Die Menschen schwiegen, während Violetta sang. Sie hatte ihre Augen geschlossen und lächelte verträumt. Arthur spielte wirklich gut auf der Laute. Ihre Musik drang nach draußen und der ohnehin volle Schankraum füllte sich noch mehr. Der Wirt erschien und stellte äußerst zufrieden große Teller mit Suppe, Brot, Butter und Eiern auf den Tisch. „Eure Musik füllt meine Taschen! Ein Lied noch ihr beiden, dann sind wir uns Quitt" sagte er und hielt Arthur seine dicke Hand hin, Arthur schlug ein und machte sich hungrig über die Mahlzeit her.

„Du wusstest, dass ich singen kann!" Violetta hob drohend ihre Faust, aber ihr Grinsen verriet sie. „Gilbert hat dir davon erzählt" Arthur riss das Brot in Stücke und tunkte es hungrig in die Suppe. „Gilbert erwähnte so etwas. Aber ich glaubte, er würde Märchen erzählen, wenn er mir von seiner kleinen Schwester berichtete. Ich glaubte, du könntest nicht real sein." Er grinste über das ganze Gesicht. „Aber so haben wir unsere letzten Münzen gespart, holdes Weib" Er lachte, als Violetta nun auch zum Brot griff. „Es beschleicht mich das ungute Gefühl mit einem Geizhals verheiratet worden zu sein" antwortete sie ihm.

11.KAPITEL

Der Tag endete viel zu schnell. Arthurs Diener wartete mit den Pferden am großen Stadttor. Sie tauschten ihre Kleidung und Arthur zog Violetta zu sich aufs Pferd. Sie saß vor ihm, er hielt sie in seinen Armen, während das Pferd langsam dahin trottete. Sie schloss ihre Augen und war fast eingeschlafen, als sie sich aufrichtete und den überraschten Arthur auf den Mund küsste. „Hab Dank für den schönen Tag, Arthur von Beneford. Ich werde ihn nie vergessen." Ihr fielen die Augen zu. Sie sah nicht mehr den fast zärtlichen Blick, mit dem Arthur auf sie herab sah. Sein Blick fiel auf den Ring an seiner Hand und wieder musste er schmunzeln, als er an die Geschichte über den Erwerb des Schmuckstücks zurückdachte. Noch vor Stunden war er versucht gewesen, sich den Ring umgehend wieder abzustreifen, doch nun lächelte er. Er würde den Ring am Finger behalten.

Violetta merkte nicht, wie sie das Schloss erreichten und Arthur sie zu Bett trug. Er entkleidete seine Frau und breitete die Decke über sie. Er legte seinen Mund auf ihre Lippen und küsste sie sanft. Seine Hand strich über ihre

Schulter, strich an ihrem Hals entlang und blieb auf ihrer Brust liegen. Violetta stöhnte im Schlaf auf. Sie lächelte träumend und reckte sich seiner Hand entgegen, als diese tiefer wanderte. Er fand ihre intimste Stelle und begann vorsichtig, sie zu streicheln. Ihr Stöhnen wurde lauter, ihr Atem schneller, als Arthur ihre Brustwarze mit den Lippen reizte. Sie schlief tief und bog sich seiner Hand entgegen, die langsam tiefer wanderte.

„Hier bist du also" Sybilles wütende Stimme drang von der Tür aus zu Arthur. Sie stand in einem verführerischen Nachthemd im Flurlicht und starrte wütend zu Arthur herüber. „Ich warte seit Stunden auf dich und du amüsierst dich woanders." Sie verzog verärgert ihr Gesicht. Arthur erhob sich und sah vorsichtig zu Violetta. Sie schien immer noch zu schlafen. Erleichtert atmete er auf und ging zu Sybille. Er griff die Frau am Handgelenk und zog sie aus Violettas Zimmer. „Du wartest umsonst, Sybille, das habe ich dir schon vor meiner Hochzeit gesagt! Ich bin einmal auf dich hereingefallen, doch das ist lange her. Du solltest Sir Gregors Antrag annehmen, Sybille. Es ist das Beste, was du in deiner Situation bekommen kannst." Überrascht trat er einen Schritt zurück, als Sybille jetzt ihre Arme um ihn warf. „Du bist verändert, Arthur. Seit du mit diesem Gilbert von Hohenfels im Krieg gegen die Barbaren warst, bist du verändert. Du bist von diesem Kind besessen, Liebster. Sie ist ein Kind. Sie kann dir nie die Leidenschaft geben, die du brauchst. Sie hat ja nicht einmal Ahnung, was Beischlaf ist! Du musst ausgehungert sein, Liebster. Jeden Morgen sehe ich ihr ins Gesicht und weiß, dass du sie noch nicht angerührt hast. Sieh ihr in die Augen. In die großen grünen naiven Kinderaugen, die die Welt immer noch in rosarot sehen." Sybille versuchte, ihre Lippen auf Arthurs Mund zu drücken, doch angewidert befreite er sich. „Sie backt Brot, sie bindet sich eine Schürze um und spielt Schlossherrin. Ich bitte dich Arthur. Du hast ein Kind am Hals" Arthur schob Sybille von sich und wischte sich angewidert mit dem Handrücken über die Lippen. „Niemand spricht so über meine Frau. Merke es dir. Verschwinde aus meinem Schloss, Sybille. Morgen Früh packst du deine Koffer!"

Plötzlich schlug Violettas Zimmertür zu und er hörte den schweren Riegel ins Schloss schnappen. „Tragt euer Liebesgeplänkel woanders aus! Es gibt Menschen, die schlafen wollen!" Violetta schrie durch die Tür und trat mit dem Fuß dagegen. „Verschwindet von meiner Tür! Treibt es woanders!" Sie warf sich wieder in ihr Bett und zog sich weinend die Decke über den Kopf. Es hätte ihr klar sein müssen. Der Tag war zu schön gewesen, um glücklich zu enden. Violetta schlug schmerzvoll auf ihr Kissen ein. Arthur hatte mit ihr gespielt, hatte ihre Naivität genossen und war, kaum dass sie das Schloss erreicht hatten, froh sie los zu sein, um sich in die Arme seiner Geliebten zu werfen. Sybille hatte Recht, dachte Violetta wütend, sie hatte keinerlei Erfahrung was die Liebe zwischen Mann und Frau ausmachte, was beim Beischlaf wirklich geschah. Arthurs Küsse und seine Berührungen erregten sie, ihr Körper stand in Flammen, doch sie ahnte, dass dies nur ein kleiner Teil des Liebesakts war.- Er ist ausgehungert-. Immer wieder gingen ihr die gehässigen Worte von Sybille durch den Kopf. „Denke dran, jedes Mal wenn du mich abweist, werde ich mein Vergnügen woanders suchen" Arthurs Worte hämmerten gegen ihre Stirn und verursachten heftige Kopfschmerzen. Sie schrie von Scham und Schmerz auf. Arthur würde sich heute wieder in die Arme einer anderen Frau legen. Er würde diese Frau küssen, streicheln und deren Körper in Flammen versetzen. Ein ihr bislang unbekanntes Gefühl bemächtigte sich ihrer- Machtlosigkeit. Es gab nichts, was sie daran ändern konnte. Sie war machtlos, gegen die Gefühle die Arthur in ihr auslöste. Machtlos gegen ihren Körper, der sie jedes Mal verriet, sobald er sie berührte. Danielle und Gilbert fielen ihr ein und plötzlich wusste sie, was sie tun musste. Sie vergrub ihren Kopf weinend ins Kissen und schlief erschöpft ein.

Arthur wanderte ruhelos durch das Schloss. Sybilles Worte drangen durch seinen Kopf und ließen ihn unruhig durch die langen Flure gehen. „Sieh ihr in die Augen, in die großen grünen naiven Kinderaugen, die die Welt immer noch in rosarot sehen. Sie ist noch unberührt, hat überhaupt keine Ahnung was Beischlaf bedeutet." Sein ganzes Denken drehte sich um diese beiden Sätze. Er legte seinen Kopf gegen eine kalte Fensterscheibe und schloss seine Augen. Sein Blick fiel auf den Ring an seiner Hand. Der heutige Tag fiel ihm wieder ein. Wie unkompliziert sie mit diesem Luis herumgealbert hatte, dessen begehrliche Blicke ignorierend, nicht merkend, dass er mehr als Freundschaft von ihr gewollt hatte. Wie frei und leicht sie die Flirtversuche seiner Gefolgsleute überging, über deren Komplimente lachte, weil sie sie nicht verstand. Violetta hatte überhaupt keine Ahnung was ihr Lächeln auslöste, dass sie damit Männerherzen in Flammen versetzten konnte. Er zog seine Augenbrauen zusammen, als ihn der Tag in Gilberts Schloss wieder einfiel, wie er den Kerl von ihr herunter gezogen hatte und sie ihn erschreckt angesehen hatte. Er hatte sie nicht in einem Liebesakt unterbrochen, wie er bis heute geglaubt hatte- Er hatte sie vor einer Vergewaltigung bewahrt! Fluchend fuhr er sich durch die Haare, nicht auszudenken, wäre er damals nur wenig später erschienen. Wie musste er sie erschreckt haben, als er in ihrer Hochzeitsnacht über sie hergefallen war, in der Annahme, sie wüsste, was er von ihr verlangte. Kein Wunder, dass Violetta sich vor ihm fürchtete, sich jeden Abend in ihrem Zimmer einschloss. Arthur wandte sich zum Schrank und schenkte sich einen Cognac ein, den er in einem Zug herunter schluckte. Die Nacht, in der sie sich versteckt hatte, in der er sie gestreichelt und liebkost hatte, wie sie sich seinen Händen und Lippen entgegen gereckt hatte. Bis er mit den

Fingern sanft in sie gedrungen war, und sie schmerzerfüllt aufgeschrien hatte. Er hatte geglaubt, sie würde ihm etwas vorspielen, doch plötzlich ergab alles einen Sinn.

„Meine Schwester ist in mancher Hinsicht noch ein richtiges Kind" Gilberts Worte hämmerten in seinem Gewissen und ließen eine dumpfe Übelkeit in Arthur hochkommen. Wieder schenkte er sich sein Glas voll. Er hatte alles vollkommen falsch begonnen, hatte seine Frau verschreckt, ihr Angst gemacht vor einer der schönsten Sache der Welt. Er bezweifelte, dass sie sich ihm noch jemals freiwillig nähern würde.

„Wie mir zu Ohren kam, hast du meinen Rat befolgt, und bist in Violettas Welt eingetaucht, Bruderherz. Und es war allem Anschein nach ein schöner Tag. Wie hat dir das einfache Landleben gefallen?" Hanna hatte den Raum betreten, ohne dass Arthur es auch nur bemerkt hätte. „Ich sagte dir doch, mit Strafe kommst du nicht weit bei ihr, versuche sie besser kennenzulernen, sie zu verstehen." Hanna sprach weiter, sie ignorierte das Schweigen ihres Bruders. Auch sie schenkte sich einen Cognac ein und setzte sich in einen der großen Sessel. Endlich kam Arthur zu ihr herüber. Hanna erschrak, als sie sein schmerzerfülltes Gesicht sah. Besorgt beugte sie sich zu ihm und strich liebevoll über die tiefen Falten auf seiner Stirn. „Was ist geschehen, Bruder?"

„Hast du gewusst, dass Violetta noch unberührt ist? Dass sie keine Ahnung hat was die Liebe zwischen Mann und Frau bedeutet? Ich habe sie vollkommen falsch eingeschätzt! Ich hielt sie für eine Schlampe, Hure, ein Flittchen! Wie unbefangen sie mit den Männern umgegangen ist, sie um ihren Finger gewickelt hat. Ich dachte, sie sei ein raffiniertes kleines Luder, das ihre Macht zu nutzen weiß!" Arthur erhob sich wieder und lief unruhig durch den Raum. „Dabei hat sie überhaupt keine Ahnung, was ihr Lächeln bei den Männern auslöst. Ein Wort aus ihrem Mund, und sie tun alles für sie. Ich habe ihr weh getan, Hanna. Sie verschreckt. Das werde ich mir nie verzeihen." Er griff erneut zur Flasche. Endlich schwieg er und Hanna konnte antworten. „Aber vielleicht wird sie dir verzeihen, Bruder. Ich denke, sie hat begonnen, sich in dich zu verlieben." Hanna hielt ihm ihr Glas hin, welches er Wortlos nachfüllte. „Und zu deiner Frage, ja ich wusste es vom ersten Augenblick. Sie war Ohnmächtig nach eurer Trauung. Du batest mich, sie zu Bett zu bringen. Ich zog sie aus und…nun ja. Ich bin eine Frau und kenne die Anzeichen. Ihr Körper weißt nicht eins davon auf. Es wundert mich nur, dass du es nicht längst bemerkt hast, Arthur. Du bist doch eigentlich erfahren in dieser Hinsicht." Jetzt lächelte Hanna mild, Arthurs Gesicht lief leicht rosa an. „Ich unterhielt mich mit Violetta, am Morgen nachdem sie sich in deinem Zimmer eingeschlossen hatte, sie erzählte mir, was zuvor zwischen euch beiden vorgefallen war" Hanna hob ihre Hand und gebot Arthur Schweigen, als dieser sie unterbrechen wollte. „Glaube mir Bruder, das Mädchen hat überhaupt keine Ahnung, was du von ihr verlangt hast." Jetzt kicherte Hanna leise. „Obwohl ihr das Vorspiel allen Anschein nach sehr gefallen hat. Ich wusste ja, dass du erfahren bist." Sie lachte laut. Arthurs Fluchen sagte ihr mehr, als sie erhofft hatte. „Und jetzt ist das Kind also in den Brunnen gefallen? Setz dich endlich mal hin Bruder und berichte mir, was heute passiert ist. Dann werden wir etwas überlegen müssen, um Violetta bei uns zu behalten."Hanna schmunzelte. „Es sei denn, geliebter Bruder, du willst sie gehen lassen." Wieder griff Arthur zur Flasche und seine Hand zitterte dabei. „Ich werde sie nie gehen lassen! Lieber sperre ich sie in den Kerker!"

12. KAPITEL

Violetta stand in der Küche und knetete den schweren Brotteig. Schweigend hörte sie den Gesprächen des Personals zu. „Lady Sybille hat noch heute Nacht das Schloss verlassen. Ist abgereist, mitten in der Nacht. Sie soll beim König in Ungnade gefallen sein." Eins der Küchenmädchen lachte leise auf. Schmerzerfüllt schrie es auf, als sie die kräftige Hand der dicken Köchin traf. „Noch ein Wort und ich lasse euch auspeitschen!" Sagte sie grimmig. Ihr Blick ging zu Violetta, die immer noch schweigend den Teig knetete. „Ihr werdet nachher, den Fußboden in der Eingangshalle schrubben! Ihr alle!" Die Köchin hob den Löffel und schwang ihn über die Köpfe der Mädchen.

„Ist schon gut, Erika. Ich weiß, das Lady Sybille abgereist ist" Sagte Violetta. Gleichmütig schob sie die Brotlaibe in den heißen Ofen. „Hast du dir das Rezept jetzt gemerkt? Ich hoffe es, denn ich werde nicht mehr lange hier sein, um dir zu helfen."

Totenstille herrschte in der Küche. Niemand wagte etwas auf Violettas Eröffnung zu antworten. Schweigend arbeiteten alle weiter. Die dicke Köchin schniefte und wischte sich die Tränen aus dem Gesicht. „Ich, Ich habe euch lieb gewonnen, Hoheit" Erika stotterte. Hastig verbeugte sie sich vor Violetta. „Entschuldigt meine Offenheit. Aber ihr tut uns gut. Wir brauchen klare Anweisungen. Wenn ihr jetzt wieder geht, wird hier wieder alles verlottern."

Violetta umarmte die überraschte Köchin und lächelte sanft. Ihre Arme kamen kaum um deren Hüfte. „Es wird schon alles werden, Erika. Alles hat seine Zeit und seinen Weg." Violetta sah zu den Mägden herüber, die nun ebenfalls weinten. „Wischt euch die Tränen aus dem Gesicht. Geht die Männer zum Frühstück holen. Noch bin ich hier. Noch wird pariert!" Auch wenn sie die Worte streng ausgesprochen hatte, wusste sie, sie würde hier im Schloss Freundinnen zurücklassen.

„Ich muss dich sprechen" Violetta hatte das Frühstück hinter sich gebracht, ohne einen Bissen anzurühren, oder auf eins der vielen gutgemeinten Komplimente zu antworten. Stumm hatte sie am Kopf der Tafel gesessen und stur auf ihren leeren Teller gestarrt. Jetzt erhob sie sich und wartete, dass sich der Speisesaal leerte. Arthur atmete tief ein. Er ahnte, was kommen würde. Er hoffte und betete, dass Hannas Plan funktionieren würde, als Violetta nun zu ihm kam und versuchte, selbstbewusst auszusehen. „Ich möchte zu Gilbert zurückkehren, Arthur" Sie hob ihre Hand, als er sie unterbrechen wollte. „Wir haben die Ehe nie vollzogen. Es ist ein leichtes, den Ehevertrag aufzuheben. Ich nehme die ganze Schuld auf mich. Schließlich habe ich mich dir verweigert, so dass du gezwungen warst, dir eine andere Möglich...." Violetta verstummte. Sie kämpfte tapfer die Tränen herunter und versuchte seinem Blick standzuhalten. Sie schrak zusammen, als sie die Traurigkeit in seiner Stimme hörte.

„Ich bin einverstanden, Violetta. Ist vielleicht besser so." Er hob seine Hand und betrachtete den kleinen Ring daran, den er nie abnehmen würde, das hatte er sich in der vergangenen Nacht geschworen. „Aber ich habe zuvor eine Bedingung!" Violetta hatte fast die Tür erreicht, und wandte sich bei den letzten Worten überrascht um. „Was willst du noch?" fragte sie argwöhnisch. Angst kroch in ihr hoch. Arthur kam zu ihr und legte seine Hand auf ihre Schulter. Er spürte, wie sie zitterte. Wieder verfluchte er sich im Stillen. „Keine Angst, Kleine. Ich möchte nur, dass du mir Lesen und Schreiben lehrst. Und auch einfaches Rechnen. Die Sache mit Robert hat mir die Augen geöffnet. Ein König muss mehr können, als gut mit Schwert und Bogen umzugehen." Arthur hob ihren Kopf und sah ihr bittend in die Augen. „Danach bist du frei und kannst gehen, wohin dein Weg dich auch immer führen mag."

Violetta schwieg lange. Ihr Zittern ließ etwas nach. „Es wird keine Annäherung deinerseits geben. Mein Zimmer gehört mir allein, ich muss nicht mehr den Riegel vorschieben um meine Ruhe zu haben." Ein Ansatz eines Lächelns erschien auf ihrem Gesicht und gab Arthur Hoffnung. „Und du wirst dich mit mir im Florettkampf messen. Ich vermisse meine Übungen mit unseren Waffenmeister." Jetzt grinste sie über Arthurs Gesichtsausdruck. „Eine Stunde Lesen und Schreiben, für eine Stunde Florettunterricht." Gespannt wartete sie auf Arthurs Antwort. Er ließ sich Zeit damit. In seinem

Inneren tobte die Freude, die er krampfhaft versuchte zu unterdrücken, sie nicht spüren zu lassen, wie froh ihn ihre Einwilligung machte. Endlich hielt er ihr die Hand hin. „Abgemacht, Weib. Die Bedingungen stehen."Er ergriff ihre Hand und hielt sie einen Augenblick fest. „Aber eine Bitte habe ich noch. Verlasse nie wieder heimlich das Schloss. Und wenn, dann möchte ich an deiner Seite sein." Er hielt seine Hand gegen ihre, beide Ringe blitzten im Sonnenlicht.

Langsam nickte Violetta. „Es ist im Schloss noch viel zu erledigen, und außerdem lässt du mich freiwillig ziehen, ich habe es also nicht nötig, auszureißen." Sie machte sich von ihm frei und verließ eilig den Speisesaal.

„Hanna, ich danke dir für deinen Plan. Lass uns hoffen dass er Erfolg hat" flüsterte Arthur. Er machte sich auf den Weg, seine Schwester zu suchen.

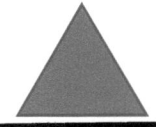

Bereits an diesem Nachmittag erwartete Violetta Arthur in der Bibliothek. Sie hatte eine Tafel in den Raum stellen lassen und sich Kreide besorgt. „Setz dich, Arthur" Violetta wartete, bis er sich gesetzt hatte und begann dann große Buchstaben auf die Tafel zu malen. Sie wies darauf und wies ihn an, sie abzumalen. „A,B,C,D. Die ersten Buchstaben des ABCs." Sie hielt Gegenstände hoch. „A wie Apfel, B wie Buch" Für jeden Buchstaben hatte sie ein Teil dabei und brachte ihn damit zum Schmunzeln, als sie leicht rot anlief und eine Korsage hochhielt. „Für den Buchstaben K konnte ich in der kurzen Zeit nichts besseres finden" entschuldigte sie sich und wandte sich ab, Arthurs Lachen machte sie nervös. „Ist doch perfekt. Den Buchstaben werde ich mir besonders gut merken können." Antwortete er grinsend. Dann fluchte er leise. Seine Buchstaben sahen überhaupt nicht so aus, wie die an Violettas Tafel. Lächelnd kam sie zu ihm herüber und nahm seine Hand in ihre. „So musst du die Feder halten. Weniger Tinte" Ihre Hand umfasste seine und führte die Feder elegant übers Papier. „Jetzt versuche es allein" sagte sie leise. Plötzlich hatte sie bemerkt, wie nahe sie Arthur gekommen war und suchte Abstand. Sie suchte im Regal nach einem Buch, fand es und schlug die erste Seite auf. „Mit dem Buch habe ich lesen gelernt. Es ist ein Kinderbuch mit großen Buchstaben." Sie setzte sich neben Arthur und wies auf die Seiten. „Siehst du, unter jedem Bild steht das passende Wort dazu." Sie legte ihre Hand auf seine Schulter. „Lass uns damit beginnen, dass du für jedes Wort den richtigen Anfangsbuchstaben findest." Ihre Hand blieb auf seiner Schulter liegen, ohne dass Violetta es bemerkte. Arthur unterdrückte ein Schmunzeln. Sie war so voller Eifer, ihn zu unterrichten, dass sie ihre Abwehr ihm gegenüber völlig vergaß. Wieder spürte er, wie unschuldig sie noch war.

„Genug gelernt, jetzt kommt die Bezahlung" Arthur reckte sich und drückte sein Kreuz durch.

Er erhob sich vom Tisch, sofort rückte Violetta wieder von ihm ab. „Keine Angst, ich halte mich an unsere Abmachungen." Er griff ihre Hand und zog die überraschte Violetta durch die langen Gänge bis zu einen großen Saal. Ein alter Mann wartete dort bereits. Bei ihrem Eintritt erhob er sich und reichte Arthur zwei leichte Degen. „Hoheit, ich bin euer Waffenmeister und muss meine Bedenken äußern. Der Kampf mit dem Degen ist nichts für eine Frau. Auch wenn es sich nur um Übungswaffen handelt, so ist es trotzdem gefährlich. Der Rock eurer Gattin ist viel zu hinderlich" Der alte Mann verzog ärgerlich sein Gesicht. „Sie wird hinfallen und sich verletzten."

„Das, guter Mann, lasst meine Sorge sein" antwortete Violetta statt Arthur. Sie begann ihren Rock am Rand aufzuknöpfen. „Hoheit" rief der Mann empört auf, als Violetta den Rock zu Boden gleiten ließ. Auch Arthur stöhnte auf, als seine Frau plötzlich in Männerhosen vor ihm stand. Lachend strich sie den Rock glatt, legte ihn vorsichtig beiseite und griff sich einen der Degen.

Fachmännisch prüfte sie die Klinge, ließ ihn hin und her schwingen, durchschnitt die Luft und schnalzte leise mit der Zunge. „Nicht schlecht, Waffenmeister. Eine gute Waffe. Allerdings müsste der Griff besser gearbeitet sein." Sie drehte den Degen herum und hielt den Griff ins Licht. „Er ist zu kantig." Sie stellte sich in Angriffsstellung, auf Arthur wartend. Endlich hatte er sich von seinem Schock, Violetta in Männerhosen zu sehen, erholt. Er hob seinen Degen um ihre Herausforderung anzunehmen. Der Waffenmeister staunte. Die junge Frau war eine brillante Kämpferin. Jeden Schlag ihres Mannes parierte sie geschickt. Was ihr an Kraft fehlte, machte sie mit Schnelligkeit wett. Oft musste Arthur sich wenden, um zu sehen, wohin seine Frau gesprungen war, um seinen Angriff auszuweichen. Sie griff schnell an, zog sich geschickt zurück, wenn er zurückschlug. Endlich beendete Arthur die Übung. Außer Atem, lachend und glänzenden Augen kam Violetta zu ihm und reichte dem Waffenmeister den Degen.

Sie griff ihren Rock. Schweigend begann sie, ihn zuzuknöpfen. „Hoheit ich bin begeistert. Noch nie habe ich so jemanden kämpfen sehen, wie ihre Frau" Der Waffenmeister kam zu Arthur herüber und flüsterte ergriffen. Arthur lachte laut auf. Sein Blick streifte Violetta. „Kämpfen nennst du das, Mann? Ich nenne es herum hüpfen." Er freute sich, als Violetta jetzt mit kämpferischem Gesichtsausdruck zu ihm herüber kam. „Herum hüpfen? Du, werter Gemahl hast mich nicht ein einziges Mal treffen können. Ich bin eine Frau, ich muss nicht siegen, ich muss mich nur verteidigen können!" Sie stemmte ihre Arme wütend in die Hüften, bereit ihm jederzeit Paroli zu bieten.

„Recht haben sie Lady Violetta. Sie haben vollkommen Recht" warf der Waffenmeister begeistert ein, Arthur spürte, auch dessen Herz hatte Violetta errungen. „Sagt, wer hat euch so gut kämpfen gelehrt?" Arthur rümpfte seine Nase. „Du meinst herum hüpfen" sagte er grinsend. Auf Violettas Reaktion war er nicht gefasst. Sie hob ihren Fuß und trat ihn mit Wucht gegen das Schienbein. „Wir sehen uns Morgen um die gleiche Zeit, werter Gemahl" Mit hocherhobenen Kopf verließ sie den Raum.

„Ihre werte Gemahlin hat eine Menge Temperament, wie mir scheint, Sir" Der Waffenmeister unterdrückte ein unangemessenes Grinsen. Arthur hielt sich sein schmerzendes Schienbein. „Immer wieder auf die gleiche Stelle, verdammt. Ich sollte mich besser vorsehen." Dann wandte er sich an den alten Mann. „Ja, sie hat eine Menge Temperament. Und sie überrascht mich immer wieder."

13. KAPITEL

Langsam nahmen Arthurs Lesekünste Formen an. Mit jedem Tag lernte er dazu und konnte bereits die ersten Sätze lesen. Jeden Tag übte er mit Violetta das Kämpfen. Es hatte sich herum gesprochen, Zuschauer stellten sich ein und es wurde ein allabendlicher Zeitvertreib seiner Männer, sich im Saal einzufinden um Arthur oder Violetta anzufeuern. Zuerst war Arthur wütend, als Violetta nur in Männerhosen bekleidet vor seinen Männern stand, doch mittlerweile hatte er sich daran gewöhnt. Er wusste, sie tat dies in aller Unschuld, hegte keinerlei unzüchtige Absichten dabei. Es war ihr nicht einmal bewusst, welche Reaktionen ihre wunderschönen Beine hervorriefen.

„Noch einige Tage, dann kann ich abreisen" Violettas Worte ließen Arthur hochschrecken. Mitten in seinem Satz blieb er stecken und richtete seinen Blick auf sie. „Aber so weit bin ich noch lange nicht" widersprach er. „Ich komme nur langsam voran beim Lesen, vom Schreiben mal ganz abgesehen." Er erhob sich langsam um sein Kreuz durchzudrücken.

„Du brauchst nur noch etwas Übung, aber das kannst du auch ohne mich. Du wirst jeden Tag besser. Die Köchin kann jetzt auch ohne mich auskommen." Violetta seufzte leise, eine Träne rann ihr herunter. „Es ist beschlossene Sache. Ich werde in zwei Tagen Nachhause fahren." Sie sah zu ihm und hoffte auf eine Antwort, doch er räumte das Buch fort und schwieg. Langsam raffte sie ihre Röcke und wollte den Raum verlassen, doch Arthurs Hand hielt sie plötzlich fest. „Lass mich los. Denke an unsere Abmachung." Schimpfte sie leise, fast herausfordernd. Ihr Blick fiel auf den Ring an seiner Hand und ließ sie verstummen. Ihre Finger fuhren lächelnd über den Ring, strichen wie unabsichtlich über sein Handgelenk an seinem Arm entlang. Ihre Hand blieb auf seiner Brust liegen, ihre Augen suchten seinen Blick. Ihre

Zunge fuhr über ihre Lippen und ihr Lächeln wurde verführerisch.

„Die Abmachung hast du eben beendet, liebste Gemahlin. Du hast gesagt, dass wir damit fertig sind." Er hob lächelnd ihren Kopf und sein Mund näherte sich ihren Lippen. „Damit endet auch unser Nichtangriffspakt." Sein Mund nahm ihre Lippen gefangen, seine Zunge drängte sich in ihren Mund und begann ihr erotisches Spiel. Umspielte ihre Lippen, forschte und streichelte sie. Ihre Zunge erwiderte willig die Kampfansage, als er sie loslassen wollte. Violetta klammerte sich an Arthur, presste ihren Mund auf seinen, ließ ihre Zunge in seinen Mund gleiten und stöhnte leise auf. Seine Arme umfingen sie, zogen sie dicht an sich. Seine Hände strichen über ihren Körper und er lachte leise auf, als Violetta mit einem Keuchen darauf antwortete. Plötzlich riss sie sich los. Schweratmend stand sie vor ihm, hob ihre Röcke und rannte die Treppe hoch in ihr Zimmer, wo sie das erste Mal seit Wochen wieder den schweren Riegel vorschob. Weinend ließ sie sich auf ihr Bett fallen.

In den vergangenen Wochen war sie zu der Meinung gekommen, er würde sich nichts mehr aus ihr machen, hätte gänzlich sein Interesse an sie verloren. Nicht einmal in den ganzen Tagen hatte er versucht, sich ihr zu nähern, er hatte den Abstand zwischen ihnen akzeptiert und eingehalten. So manches Mal hatte sie still gehofft, von ihm beachtet zu werden, hatte ihm beim Degenkampf absichtlich gereizt, mit ihm kokettiert, oder ihn beim Lesen berührt, ihm übers Haar oder über den Rücken gestrichen, ihn sanft auf die Wange geküsst, wenn er etwas richtig gemacht hatte beim Lesen. Nicht einmal war er darauf eingegangen. Und nun, jetzt, plötzlich hatte er sie leidenschaftlich geküsst, es hatte sich so gut angefühlt. Wann würde sie ihren Mann endlich mal verstehen? Sie seufzte, als es ihr plötzlich klar wurde.

Natürlich, er hatte ihr sein Versprechen gegeben und sich darangehalten. Keine Annäherung während ihres Abkommens. Er hatte sich daran gehalten. Er war der König und musste zu seinem Wort stehen. Ein Lächeln verscheuchte ihre Tränen. „Ich bin wirkli aiv." Sie erhob sich um ihr Gesicht im Spie betrachten. „Es wird Zeit, Hoheit, dass ihr erwachsen werdet" schalt sie ihr Spiegelbild.

„Ich werde noch verrückt, Hanna. Sie will übermorgen abreisen!" Arthur lief im Zimmer seiner Schwester wild hin und her. Warf Bücher vom Bett, um sich zu setzen. „Dabei hatte ich gehofft, ihr näher gekommen zu sein. Ich habe mir ihre Berührungen und Küsse beim Lesen oder ihre Kapriolen beim Kämpfen doch nicht eingebildet. Sie hat wirklich versucht, mit mir zu kokettieren. Ich hatte wirklich gehofft, sie nicht weiter zu bedrängen, würde ihr zeigen, dass mir etwas an ihr liegt. Doch eben sagte sie mir, dass sie abreisen wird. Sie rannte wieder panisch davon, als ich sie geküsst habe." Fluchend schlug er auf das Bett ein. Hanna hob ihren Kopf vom Buch. Ihr Lächeln ließ Arthur erneut fluchen. „Sag, Bruder. Hat sie sich gegen deinen Kuss gewehrt, oder hat sie ihn erwidert? Hat sie sich davor erschrocken oder hat sie ihn vielleicht sogar herausgefordert?" Sie versteckte sich wieder hinter ihrem Buch. Das glückliche Grinsen im Gesicht ihres Bruders war ihr Antwort genug. „Ich würde sagen, es ist noch nicht aller Tage Abend, liebstes Bruderherz. Wir sehen uns morgen früh, wenn du wider erwarten heute Abend keinen Besuch in deinem Zimmer haben solltest." Hanna lächelte über das ratlose Gesicht ihres Bruders, der ihre letzten Worte anscheinend nicht einordnen konnte.

„Hoheit, es ist etwas geschehen! Lady Danielle von Hohenfels wartet im Salon. Es ist äußerst wichtig!" Ein Diener klopfte an Hannas Zimmertür.

„Benachrichtige sofort meine Frau!" rief Arthur zurück. Er umarmte seine Schwester und verließ eilig dessen Zimmer. Was führte die hochschwangere Frau seines besten Freundes in ihrem Zustand hierher? Was hatte sie bewegt, die beschwerliche Reise auf sich zu nehmen, so kurz vor ihrer Niederkunft? Seine Probleme mit Violetta waren schlagartig vergessen, als er eine völlig aufgelöste Danielle im Salon vorfand. Weinend warf sich die junge Frau in seine Arme. Arthur hielt die zitternde Danielle fest, um sie zu stützen. „Arthur, die Barbaren sind wieder in unser Land eingefallen! Gilbert hat mich zu euch geschickt um in Sicherheit zu sein. Er hat seine Armee mobilisiert und ist heute Morgen gegen Osten gezogen!" Danielle seufzte erleichtert auf, als Violetta den Salon betrat. Dankbar sah Arthur zu seiner Frau, die die weinende Danielle jetzt zum Diwan führte und nach einem heißen Tee verlangte. Der Diener lief in die Küche, während Arthur seine Hände hinter dem Rücken unruhig durch den Salon schritt. „Seid ihr euch sicher,

Danielle? Gibt es keine Zweifel?" Die junge Frau schüttelte den Kopf. „Nein, sie haben mehrere Dörfer angegriffen. Die Menschen kamen zum Schloss um in Sicherheit zu sein." Danielle hob ihren Kopf und sah Arthur bittend an. „Bitte, du bist sein bester Freund, Arthur. Hilf ihm, wie du schon einmal geholfen hast. Ich will ihn nicht verlieren, nicht gerade jetzt, wo er sich so auf die Geburt unseres ersten Kindes freut." Arthur unterbrach seinen Lauf. Sein Blick ging zu Violetta, die ihm stumm aus ihren unergründlichen grünen Augen ansah. Er wusste was sie ihm auch ohne Worte sagen wollte. Egal was sie beide miteinander auszufechten hatten, es musste warten. Diese Sache hier war tausendmal wichtiger. „Natürlich werde ich Gilbert zu Hilfe eilen, Danielle. Ich werde meine Truppen morgen aufgestellt haben und ihm zu Hilfe kommen." Sein Blick traf Violetta. Beschwörend hielt er ihr seine Hand hin, die sie zögernd ergriff. „Schließlich sind wir jetzt eine

Familie. Gemeinsam werden wir es schaffen, davon bin ich überzeugt."

14. KAPITEL

Arthur war den restlichen Tag damit beschäftigt, seine Gefolgsleute zu versammeln, die jungen Bauernburschen aus den Dörfern zu holen und sie zu bewaffnen, es blieb ihm kaum Zeit um zu essen oder sich auszuruhen. Er wusste Danielle in guten Händen bei Violetta. Beide Frauen hatten sich in Violettas Zimmer zurückgezogen. Später hatte er auch Hanna bei ihnen gesehen, als er kurz seinen Kopf durch die Tür gesteckt hatte um zu sehen, ob ihnen an nichts fehlte. Beruhigt machte er sich nun auf den Weg zu seinem Zimmer. Es blieben ihm ein paar Stunden um sich auszuruhen, bevor er im Morgengrauen mit seinen Truppen aufbrechen musste. Er fluchte, denn er hatte nicht einmal Zeit gehabt, sich von Violetta zu verabschieden. Seine Stiefel flogen im hohen Bogen durch den stockdunklen Raum, sein Wams und seine Hose folgten. Er suchte nach einer Kerze, schüttelte dann seinen Kopf. Es lohnte kein Licht. Er warf sich auf sein Bett und schloss müde seine Augen.

Ob Violetta auf ihn warten würde? Was, wenn er aus diesem Krieg nicht wiederkehrte? Ob er zu ihr gehen sollte? Sie ein letztes Mal küssen, sie in den Arm nehmen? Ob sie sich wohl wehren würde? „Du bist ein Idiot, Arthur von Beneford" verfluchte er sich selbst. Sie wird natürlich ihre Schwägerin bei sich haben, und er würde sich komplett blamieren.

Ein kurzer Lichtschein unterbrach die Dunkelheit in seinem Zimmer, als die Tür leise geöffnet wurde. Eine schmale Gestalt näherte sich seinem Bett. „Schläfst du schon Arthur?" Violettas Stimme klang dünn, fast ängstlich. „Ich bin gekommen, um mich zu verabschieden."Sie beugte sich über sein Bett und versuchte, in der Dunkelheit seine Umrisse zu erkennen. Vorsichtig legte sie sich neben ihn, er konnte ihr Zittern spüren, als sie jetzt ihre Hand sanft auf seine Brust legte. Arthur wagte nicht sich zu bewegen, aus Angst, den wunderschönen Traum, der ihn in diesem Moment widerfuhr, zu zerstören. Jetzt hob Violetta ihren Kopf und legte ihren Mund sanft auf seine Lippen. Ihre Zunge umspielte sein Kinn, seine Lippen. „Lehrst du mir die Liebe, bevor du mich morgen früh verlässt?"Ihre Stimme war ein leises Flüstern, doch Arthur hatte sie verstanden. Er hob seine Hand und strich ihr über den Rücken, zog sie auf sich und hielt sie sekundenlang einfach nur fest. „Hast du keine Angst mehr vor mir?" fragte er sie flüsternd. „Doch, ein wenig. Ich weiß wirklich noch nicht, was mit mir passiert, wenn du mich küsst und mich streichelst." Flüsterte sie zurück. Ihre Hand strich über sein Gesicht, als er sie vorsichtig von sich schob und ihr das lange Nachthemd auszog. „Etwas Wunderschönes passiert. Und zwar mit uns beiden" flüsterte Arthur. Er ließ seine Hand über ihren nackten Körper gleiten, streichelte, erforschte und liebkoste sie. Seine Lippen wanderten von ihren Augen zu ihrem Hals und seine Zunge strich qualvoll langsam von ihrer Schulter zu den Brustwarzen, die sich bereits aufgerichtet hatten. Sie erbebte, als er sie in den Mund nahm, seine Zungenspitze sie reizten. Ihre Finger krallten sich in seinen Nacken. Er hatte ihre intimste Stelle erreicht und seine Hand begann sie vorsichtig zu streicheln. „Entspann dich, Liebes. Öffne deine Beine" bat er leise. Er musste seine Bitte wiederholen, bis sie ihm zitternd Folge leistete. Behutsam drückte er ihre Knie auseinander und ließ seinen Mund über ihren flachen Bauch gleiten, hinterließ überall kleine Küsse, die wie Feuer auf ihrer Haut brannten. Längst hatte Violetta aufgehört zu denken. Sie keuchte, ihr Atem ging flach, ein Stöhnen entrang ihrer Kehle, als Arthur seinen Kopf zwischen ihre Beine schob, seine Lippen sie reizten und liebten, wo eben noch seine Hand gewesen war. Violetta schrie leise auf, keuchte, und bäumte sich seinem Mund entgegen. „Sag, mache ich dir immer noch Angst?" Seine Stimme klang heiser und nur unter größter Mühe konnte er sich unter Kontrolle halten. Es schien eine Ewigkeit zu vergehen, bis sie ihm leise antwortete, sie rang nach Luft. „Nein, Arthur. Ich vertraue dir." Wieder senkte er seinen Kopf, seine Zunge umspielte sie, während seine Finger sanft in sie drangen. Violetta wurde stocksteif, erschrocken schrie sie leise auf. Doch dann entspannte sie sich wieder und ihre Hände umfassten seinen Kopf, als er seine Finger tief in sie schob. Ein völlig neues Gefühl bemächtigte sich ihrer. Sie bog sich seinen Fingern entgegen, wand sich und hob ihren Unterkörper, als seine Finger ihr ungeahnte Freuden bereiteten, in ihr rein und raus glitten. Kleine kurze Schreie und heftiges unkontrolliertes Keuchen zeigten Arthur dass Violetta bereit war. Er atmete heftig, Violetta würde ihm willkommen heißen. Er spreizte ihre Beine noch etwas mehr, legte sich zwischen sie und drang langsam in sie ein. Violetta schrie auf, sein Glied schob sich in sie, hielt sie gefangen, bereitete ihr Schmerzen, auf die sie nicht vorbereitet gewesen war. Ihre Fingernägel gruben sich panisch in seinen Rücken, als sie versuchte, ihn fortzuschieben. Arthurs Mund legte sich über ihren, erstickte ihren kurzen Schmerzensschrei, als er sich tief in sie vergrub. Er spürte, wie weh er ihr getan hatte, doch er wusste auch, die Schmerzen würden schnell vergehen. Tränen liefen über ihr Gesicht, immer noch wimmerte sie leise, während er sie festhielt, tief vereint mit ihr. Langsam löste sie ihre Finger aus seinem Rücken, hob ihren Kopf etwas und starrte ihn verwundert an. „Arthur, was passiert mit mir?" flüsterte sie staunend. Sie keuchte laut auf, als sein Mund sich wieder auf ihren legte und er sich erst langsam, dann schneller in ihr zu bewegen begann. Er küsste ihren Hals, reizte ihre Brustwarzen, lachte heiser auf, als sie auf seine Bewegungen einging, sie erwiderte und sich ihm entgegen bog, als das Feuer in ihrem Inneren explodierte und sie in einem nie dagewesen Strudel von Licht und Wärme riss. Wieder schrie sie auf. Arthurs Hand legte sich auf ihren Mund, aus Angst Violetta würde das Schloss wecken, als er sich ebenfalls mit einigen heftigen Stößen in ihr ergoss.

Minutenlang rührte sich keiner von ihnen. Beide lagen sie da, vereint und sprachlos. Tränen rannen über Violettas Gesicht, tropften auf Arthurs Arm. „Du weinst?" Er hob schwerfällig seine Hand und strich ihr übers Gesicht. „Habe ich dir so wehgetan?"Er wollte sich von ihr herunter rollen, als sie ihn festhielt, ihre Arme um ihn schlang, ihn festhielt. „Wagen sie nicht, Hoheit, sich schon zurückzuziehen." Flüsterte sie heiser. Sie stellte verwundert fest, wie tief ihre Stimme klang. Ein neuer, ihr unbekannter erotischer Unterton lag darin. Sie schlang ihre Beine um ihn. „Ich weine nur, weil ich glücklich bin. Du hast mich glücklich gemacht. Ich habe nicht geahnt, dass es so etwas Wunderbares zwischen Mann und Frau geben kann." Sie verbarg verschämt ihren Kopf an seiner Schulter. „Ich auch nicht, Violetta. Ich auch nicht. Es war einmalig." Er hob ihren Kopf etwas und küsste sie liebevoll. „Du bist einmalig. Es gibt keine zweite Frau wie dich."

„Wird es immer wehtun, wenn du mich…" Violetta verstummte verlegen. Sie lag engangekuschelt in Arthurs Armen, ihre Hand lag auf seiner Brust, spielte mit seinem Haar. Jetzt lachte er leise auf, was ihm einen Klaps ihrer Hand einbrachte. „Kein Grund mich auszulachen, Hoheit. Ich weiß es wirklich nicht." Seine Hand schob sich wieder zwischen sie und begann ihr Spiel. „Nein, weh tut es nur beim Ersten Mal, das nennt man „Entjungferung" flüsterte er zurück. „Lass mich dir zeigen, wie schön es ohne Schmerzen sein kann."

Die Sonne stand bereits hoch am Himmel, als Violetta müde ihre Augen öffnete. Einen Augenblick überlegte sie, wo sie war, was passiert war, dass sie um diese Uhrzeit noch immer im Bett lag. Ihre Arme froren und staunend merkte sie, dass sie nackt unter einer dicken Bettdecke lag. Ihre Brustwarzen streiften die Decke und reagierten sofort. Plötzlich wusste sie wieder, was in der vergangenen Nacht mit ihr geschehen war, sie griff zur Nebenseite, doch das Bett war neben ihr war kalt und leer. Violetta ließ sich zurückfallen, Tränen stürzten aus ihren Augen. Arthur war schon lange unterwegs, war gegangen, hatte sie schlafen lassen, ohne sich von ihr zu abschieden. Schwer erhob sie sich und stellte sich vor dem Spiegel um sich zu betrachten, ihren Körper nach Veränderungen abzusuchen. Hatte die Liebesnacht Spuren auf ihr hinterlassen? Plötzlich fiel ihr Blick auf die alte Tafel, die gegenüber dem Spiegel, an der Wand des Zimmers lehnte.

-Ich danke dier. Ich kome wieder. Warte. Geh bite niech - stand dort in großen wackligen Buchstaben geschrieben. Violetta musste die Nachricht zweimal lesen um sie zu verstehen. Wieder schoss ihr Tränen in die Augen, diesmal vor Glück. Arthur hatte sie nicht einfach benutzt, war gegangen ohne zurück zu blicken. Seine letzten Gedanken hatten ihr gegolten, er hatte riskiert, sich zu blamieren, nur um ihr zu zeigen, das ihm etwas an ihr lag.

„Violetta, Liebes. Bist du wach?" Danielles Stimme vor der Tür riss Violetta aus ihrer Träumerei. Suchend sah sie sich um und entdeckte endlich unter dem Bett ihr Nachthemd. Ihr Blick ging zum Bett. Dort waren eindeutige Spuren, die verrieten, was in der Nacht zwischen ihr und Arthur vorgefallen war.

„Ja, ich bin gleich so weit!" antwortete sie, während sie in ihr Nachthemd schlüpfte. Dann warf sie die Bettdecke über das Laken. Gerade rechtzeitig, denn die Tür öffnete sich und Hanna steckte den Kopf ins Zimmer. Lächelnd winkte sie Danielle zu sich. „Sie ist wach und Besuchsfertig. Komm, sie wird Hunger haben" Hanna trug ein Tablett ins Zimmer. Sie warf einen Blick auf die alte Tafel. „An seiner Rechtschreibung muss mein Bruder noch mächtig arbeiten" sagte sie und stellte das Tablett auf den Tisch. Danielle schob ihren dicken Bauch vor sich her. Schwerfällig ließ sie sich auf einen Stuhl fallen. Hannas Hand legte sich auf Danielles Bauch, prüfend schob sie sie weiter runter, dann nickte sie ernst. „Du gehörst ins Bett, gute Frau. Und ich werde gleich nach der Hebamme rufen lassen." Sie erhob sich wieder, ihr Blick ging wieder zur Tafel und wieder schüttelte sie den Kopf.

Violetta biss Geistesabwesend in ihr Brot und schloss kurz ihre Augen. Jetzt war ihr klar, wie Kinder gezeugt wurden, was zwischen Mann und

Frau dabei geschah. Sie lief leichtrot an, als sie an Arthurs liebevolle Hände dachte, die sie gestreichelt und liebkost hatten. Er konnte keine Stunde geschlafen haben, sooft, wie er sie gefordert hatte, sie genommen und geliebt hatte. „Violetta? Violetta hörst du mir zu?" Danielle schüttelte ihren Kopf. „Ich sagte eben, ich bin glücklich, dass es sich zwischen dir und Arthur zum Guten geklärt hat. Gilbert wird außer sich sein, dass seine Entscheidung in Bezug auf eure Hochzeit richtig war. Das wird seinem männlichen Ego mächtig schmeicheln." Sie schrie auf, als eine Wehe ihren Körper durchfuhr. Sie krümmte sich schmerzerfüllt. Hanna kam wieder. Zwei Dienerinnen folgten ihr. Sie brachten Danielle in Violettas Zimmer zurück und machten sie fertig, um ihr Kind zur Welt zu bringen.

„Du hast meinen Bruder heute Nacht sehr glücklich gemacht, kleine Schwägerin. Noch nie habe ich Arthur so strahlen gesehen." Hanna saß neben Violetta und hielt deren Hand, während die Stunden nur langsam vorwärts schritten. „Die merkwürdigen Blicke und Bemerkungen seiner Männer heute Morgen hat er mit einer seltsamen Gleichmut ertragen." Immer wieder hörten sie Danielle laut schreien. „Er hat mir aufgetragen dir zu sagen, er würde wiederkehren, egal was passiert. Du mögest auf ihn warten" Hanna lachte leise auf, als sie Violettas Gesicht betrachtete. „Oh ich denke, das wirst du tun, oder?"Hanna strich ihr liebevoll das Haar aus dem Gesicht. „Mein Bruder entdeckt seine romantische Ader. Seine Nachricht auf der Tafel war ja auch zu niedlich, von den Rechtschreibfehlern abgesehen."

Eine dunkle Ahnung machte sich plötzlich in Violetta breit. „Du hast ihm geraten, mich zu bitten ihm Schreiben und Lesen zu lehren! Du hast ihm geraten, mich in Ruhe zu lassen!" Gespielt empört stemmte sie ihre Arme in die

Hüfte. Sie war viel zu glücklich, um wirklich böse auf ihre Schwägerin zu sein.

„Sagte ich schon, dass ich dich für extrem Klug halte?" fragte Hanna. Zerknirscht senkte sie ihren Kopf und brachte Violetta damit zum Lachen. „Ich dachte mir, du brauchtest etwas Zeit um meinen Bruder richtig kennenzulernen, dich an ihn zu gewöhnen. Ich gab ihm neulich auch den Rat, dir in die Stadt zu folgen. Ich hoffte, so würde er merken, wie unschuldig du wirklich bist. Nicht das verdorbene Luder, für das er dich hielt" Hanna sprang auf, als sie leises Babygeschrei vernahm. „Das Baby, es ist da!" Sie wollte zu Danielle eilen, als Violetta sie festhielt und ihre Arme um die ältere Frau schlang. „Hab Dank für alles, Hanna. Du hast meine Ehe gerettet."

Violetta saß am Bett ihrer Schwägerin und sah zufrieden zu, wie Danielle ihrem Sohn die Brust gab. Wieder hatte sich ihr ein Geheimnis offenbart. Jetzt wusste sie, wie man den Hunger der Babys stillte. „Tröste dich, Schwägerin, auch ich glaubte bis vor kurzen die Brustwarzen wären für andere Dinge erfunden." Sie seufzte leise auf. „Sieh sie dir an. Meine Brüste sind um das Doppelte angeschwollen. Dein Bruder ist begeistert." Sie wechselte die Brust und legte ihren Sohn an die andere Seite. „Er ist aber auch der einzige." Beide Frauen schwiegen, dachten an ihre Männer, die nun schon zwei Wochen fort waren, von denen keine Nachrichten kamen.

Eine Dienerin trat zu Violetta. „Hoheit, ein Soldat ist eben im Schloss eingetroffen. Er bringt Nachrichten von der Grenze." Violetta nickte und ging eilig zur Küche, wo der Soldat von Erika mit Bier und Brot versorgt wurde. Bei Violettas Eintritt erhob er sich. „Hoheit, ich bringe schlechte Nachrichten von der Grenze. Die Barbaren sind weiter ins Land eingedrungen. Sie nahmen Sir Gilbert gefangen, und auch König Arthur, als dieser ihn befreien wollte. Die Waffenmeister planen nun einen Überraschungsangriff, befürchten aber, dass beide Männer getötet werden, wenn sie das Lager überfallen. Sie sendeten mich, um euch auf das Schlimmste vorzubereiten." Violetta musste sich setzen. Ihre Beine versagten ihren Dienst, Übelkeit ließ ihren Magen rebellieren. „Nein" flüsterte sie tonlos. Das durfte nicht wahr sein, der Mann vor ihr log. Violetta starrte ihn an, hoffte, er würde sagen dass er gelogen habe. Doch das Schweigen in der Küche machte ihr die grausame Wahrheit deutlich. „Nein" Wiederholte Violetta leise. „Ich werde meinen Mann nicht in Stich lassen." Violetta erhob sich und zog den Mann ebenfalls von seinem Stuhl. „Du wirst mich zum Lager der Barbaren bringen, Mann." Sie wandte sich zu Erika herum. „Du wirst dafür sorgen, dass keins der hier gefallenen Worte zu meinen Schwägerinnen dringt. Wenn sie nach mir fragen, sage ihnen, mein Mann habe

Sehnsucht nach mir und will mich sehen!" Sie zog den vollkommen verwirrten Mann durch das Schloss. „Warte einen Moment, ich werde mich eben umziehen."

15. KAPITEL

„Diesmal hat es uns richtig erwischt, oder?"
Gilbert zerrte an seinen Fesseln und fluchte
unanständig. Seit vier Tagen waren sie nun schon
gefangen, lagen zusammengeschnürt in eins der
vielen Zelte. Nur zum Essen wurden ihre Fesseln
gelöst. Beide Männer wussten, würden ihre
Männer versuchen, das Lager zu stürmen um sie
zu befreien, wäre ihr Leben zu ende. Noch waren
sie alle Beide gute Faustpfande, die Barbaren
freuten sich, dass keiner ihrer Angriffe
zurückgeschlagen wurde, solange sie Gilbert und
Arthur in ihrer Gewalt hatten, der Barbaren-
Häuptling überlegte nun, wie er dies für ihren
Vorteil einsetzen konnte.

Wieder seufzte Gilbert leise auf. „Ob Danielle
schon ihr Baby hat? Ob es ein Junge ist?" Er wand
sich herum um zu seinem Freund zu sehen, der

sich mühsam aufgerichtet hatte. „Du bist so schweigsam, Arthur. Probleme mit meiner widerspenstigen Schwester?" Endlich rührte Arthur sich und schob sich über den schmutzigen Boden zu Gilbert. „Nein ganz im Gegenteil, mein Freund. Deine Schwester ist ein Engel." Arthur versuchte durch den kleinen Schlitz des Zeltes zu sehen, der als Eingang diente. „Ähm, entschuldige, mein Freund. Bist du dir sicher, die richtige Frau geheiratet zu haben?" Gilbert zog ungläubig seine Augen zusammen. Er hatte schon viele Bezeichnungen für seine wilde, undisziplinierte Schwester gehört, aber Engel hatte sie noch niemand genannt. „Oh ja, Gilbert. Ich bin sicher, endlich die richtige Frau gefunden zu haben." Wieder gingen seine Gedanken zu Violetta. Sicher würde sie ruhelos durch das Schloss laufen. Angsterfüllt an ihn denken. Gilberts Auflachen ließ ihn rot anlaufen. Er war froh dass es im Zelt dunkel wurde. „Du hast dich verliebt, Arthur! Du hast dich tatsächlich in den kleinen Wildfang verliebt. Ich fasse es nicht."

Gilbert lachte wieder auf. „Und? Meine Schwester? Liebt sie dich auch? Hast du sie endlich gezähmt?" Arthur bedauerte es in diesem Moment keine Hand frei zu haben. Gerne hätte er seinem besten Freund das Grinsen aus dem Gesicht geschlagen. „Violetta muss nicht gezähmt werden! Du kannst froh sein, dass ich gefesselt bin!" Gilbert lachte laut und eine Wache schaute irritiert ins Zelt. „Oh Mann, dich hat es schlimm erwischt. Meine kleine Schwester hat dich um ihren Finger gewickelt" Arthur zerrte an seinen Fesseln. Würde er doch nur einen Arm frei bekommen, könnte er diesen unmöglichen Mann neben sich doch nur zum Schweigen bringen.

„Ich möchte wetten, meine kleine Schwester hat sich nicht mit der jetzigen Situation abgefunden. Würde mich wundern, wenn sie brav im Schloss sitzen und angsterfüllt auf Nachricht warten würde." Gilbert konnte sich gerade noch rechtzeitig zur Seite rollen, als Arthur sich zu ihm fallen ließ und sein Gesicht nur wenige Zentimeter von seinem entfernt war. „Wie meinst du das?" Fragte Arthur grob und hoffte, seinen Schwager falsch verstanden zu haben. Grimmig zerrte er weiter an seinen Fesseln.

Gilbert wurde einer Antwort erhoben als Unruhe im Lager aufkam. Ein altersschwaches Fuhrwerk rollte langsam ins Innere des Lagers und lautes Gejohle folgte. Arthur drehte sich solange, bis er am Zelteingang lag und ein wenig vom Geschehen sehen konnte. „Häuptling. Wir haben die Weiber im Wald gefangen genommen. Sie behaupten Zigeuner zu sein und sich verirrt zu haben." Jetzt erhob sich der große Häuptling und kam zum Fuhrwerk. Sein Blick glitt über die fünf Frauen, die sich auf der Ladefläche zusammengekauert hatten. Jetzt erhob sich eine von ihnen und sprang vom Wagen. Ihre schweren Stiefel gaben ihr einen sicheren Halt. „Wir sind Zigeunerinnen, edler Herr. Unsere Männer haben vor kurzen einen dicken Kaufmann um seine Ware erleichtert. Sie haben uns mit der Beute vorgeschickt, während sie den Rest erledigen." Die Frau machte ein Zeichen an ihrer Kehle und brachte die Barbaren damit zum Lachen. „Leider haben wir uns verirrt, können unser Lager nicht wiederfinden. Wir sahen euer Feuer und hofften, hier Wärme und Nahrung zu finden." Sie wischte sich mit dem schmutzigen Ärmel ihres Kleides durchs Gesicht. Dann spuckte sie ungeniert in den Sand. „Wir möchten um Nachtlager bitten. Von Gaunern zu Dieben, von Mördern zu Barbaren."

„Weißt du jetzt, was ich eben meinte?" flüsterte Gilbert. Die Stimme der jungen Zigeunerin hätte er unter tausenden erkannt. „Es ist eindeutig Violetta da draußen, obwohl ich in ihrer Stimme einen anderen Klang vernehmen kann." Er rollte sich nun ebenfalls zum Zelteingang und versuchte, etwas zu erkennen. Arthur lag vor ihm und versperrte ihm die Sicht. „das weiß ich selber, das dort draußen meine Frau steht" fluchte Arthur ihn an. Sein Schwager begann ihn auf die Nerven zu gehen. Er robbte noch weiter zum Eingang. „Halte deinen Mund, ich verstehe nicht, was da vor sich geht." Seine Angst um

Violetta schnürte ihm die Kehle zu. Wieder hörte er sie dunkel auflachen. Sie hob ihre Hand und strich sanft über das bärtige Gesicht des Barbaren. „Ihr seid ein stattlicher Mann, Herr. Ihr gefallt einem armen Zigeunerkind." Hörte Arthur Violetta schmeicheln. Er musste sich abwenden, seine Wut stieg ins unermessliche und hinderte ihn am Denken.

„Habt ein Einsehen, edler Herr. Wir haben Weinfässer auf dem Wagen. Lasst uns zwei davon abladen und einen gemütlichen Abend haben." Violetta winkte den anderen Frauen zu, die jetzt vom Wagen sprangen und zu tanzen begannen. Sie kamen zum Häuptling, umgarnten ihn, küssten ihn und lachten. „Ich werde für euch singen, edler Herr" Violetta nahm eine Laute vom Wagen und sah sich vorsichtig im Lager um. Dann nickte sie den anderen Frauen zu. Die ersten Klänge der Laute erklangen, Violetta hob ihre Stimme und laut klang sie durchs Lager. Die Männer grölten, johlten, griffen nach den Röcken der jungen Frauen, die ihnen immer wieder lachend entwischten. „Ist gut, Weib. Ihr könnt bleiben. Lasst uns etwas Spaß haben." Der Barbaren-Häuptling ließ sich wieder auf seinen Platz nieder und befahl, den Wein abzuladen. Er hielt seinen Becher hin, während er Violetta lauschte, die mit der Laute im Arm durch das Lager lief, ab und zu stehen blieb um mit einen der Männer zu kokettieren. Endlich kam sie am Zelt der Gefangenen vorbei. Sie beugte sich zur Wache herunter und flüsterte ihm eine Strophe des Liedes ins Ohr. Ein kleiner Gegenstand fiel aus ihrem Rock, landete auf dem Boden und wurde von einem groben Stiefel ins Zeltinnere geschoben, während sie die Wache anlächelte und ihm heiser lachend einen Kuss zu warf.

„Ihre verdammten Stiefel, ich hatte gehofft, du hättest sie ihr abgenommen." Gilbert grinste und strafte seine Worte Lügen. Er sah wie Arthur sich drehte, den Gegenstand griff und ein Messer in den Händen hielt. Er drehte sich rückwärts zu Gilbert und begann dessen Fesseln aufzuschneiden. Gilbert rieb erleichtert seine

Handgelenke, griff das Messer und befreite nun auch Arthur. Nur unter Mühe konnte er seinen Schwager zurückhalten, ins Freie zu stürzen, und seiner Frau zu Hilfe zu eilen.

„Wir müssen flüchten. Violetta hat einen perfekten Plan ausgearbeitet und uns das Messer nicht umsonst zukommen lassen." Gilbert hielt ihn nur unter Mühe fest. Arthur wehrte sich, schlug nach Gilberts Arm, der ihn umklammerte. Zum Glück war die Wache so abgelenkt von den Frauen, dass er das Geschehen im Zelt nicht mitbekam. „Beruhige dich Freund. Du bringst Violetta nur in Gefahr! Als ich dir Violetta mitgab, habe ich nicht nur meine Schwester verloren, sondern auch den klügsten, tapfersten und raffiniertesten Soldaten, den ich je hatte." Endlich erlahmte Arthurs Widerstand, seine Arme hingen herunter und stumm sah er zum Zelteingang.

Gilbert ließ von Arthur ab und schnitt einen Riss in die Rückseite des Zeltes. „Du musst endlich anfangen ihr zu Vertrauen, Arthur. Ich tue es auch. Ich vertraue ihr mein Leben an, wenn's sein muss."

„Holla Jungs, Schenkt Wein nach, der Abend ist noch jung" hörte Arthur Violettas Stimme wieder laut rufen. „Wer jetzt verschwindet ist selber schuld!" Gilbert nickte. „Den Ton kenne ich bei Violetta. Ihr Zeichen dass wir verschwinden sollen" flüsterte er beschwörend und zog den widerstrebenden Arthur durch das Loch im Zelt ins Freie. „Folge mir, Schwager. Ich glaube, unsere Leute sind ganz in der Nähe."Unbemerkt konnten sie fliehen, die Wache hatte seine Augen nur auf Violetta gerichtet, die immer noch lachend und singend umher lief. Schnell waren die Weinfässer geleert. Neue Fässer wurden geholt. Violetta sang, kokettierte und lachte. Sie sorgte dafür, dass der Wein in Strömen floss.

Jetzt griff der Häuptling nach ihr und zog sie zu sich. „Komm meine Schöne, vertreibe mir die Zeit!" Willig folgte Violetta seinem Befehl. Sie setzte sich zu ihm auf seinen Schoß und strich ihm über das bärtige Gesicht. „Unter dieser Schmutzschicht steckt eine schöne Frau. Wäscht du dich eigentlich mal?" fragte er sie und ließ seine Hand in Violettas Ausschnitt gleiten. „Komm, Schöne, Küss mich!" Sie schrie auf und griff nach ihrem Messer. Dann hob sie ihre Hand. Die jungen Frauen hörten auf zu tanzen, rannten schreiend in den Wald und verschwanden. „Was ist hier los?" Der Häuptling schrie alarmiert auf, als Pfeile über das Feuer flogen, bewaffnete Männer das Lager stürmten. „Tötet die Gefangenen! Lasst sie nicht am Leben!"Der Häuptling schrie seine Befehle und versuchte sich zu erheben, doch der Wein, durchtränkt mit einem Schlafmittel, tat seine Wirkung. Keiner der Barbaren war in der Lage, sich wirklich gegen die Krieger zu wehren. Jetzt stürmten auch Arthur und Gilbert ins Lager. Wutentbrannt kämpften sich beide Männer zum Lagerplatz durch, um Violetta zu Hilfe zu eilen.

Der Häuptling wollte sich erheben, seine Waffe greifen, als Violetta ihm lächelnd ihr Messer an die Kehle setzte. „Diesen Kampf habt ihr verloren, edler Herr. Ihr habt mir zwei wichtige Menschen fortgenommen. Meinen Bruder und meinen Mann, das lasse ich mir nicht gefallen."

„Ihr, ihr seid Königin Violetta?" Der Barbaren-Häuptling lallte, der Schlaftrunk tat seine Wirkung. „Ihr seid wirklich Königin Violetta! Ich habe von euch gehört, von eurer Schönheit und euren Mut. Ich bin auf eure Schönheit und eure Stimme hereingefallen."

Endlich hatte Arthur sich zu Violetta durchgekämpft. Er riss sie vom Schoß des Häuptlings und hielt ihm die Klinge seines Schwertes an die Kehle. „Euer Krieg endet hier, Mann. Ihr wurdet besiegt. Besiegt von eurer Gier und eurem Verlangen." Er rief einen seiner Soldaten und befahl ihm, den Häuptling zu bewachen. Wütend griff Arthur Violettas Arm und zerrte sie durch das Lager bis hin zu Gilbert, der mit seinen Männern, die Gefangenen zusammen trieb. Erleichtert umarmte er seine

Schwester und drückte sie einen Augenblick an sich. „Gut gemacht, Schwesterlein. Hast uns beiden das Leben gerettet. War ein genialer Plan, den du dir ausgedacht hast." Er schwenkte Violetta herum und stolperte fast, als Arthur ihn grob unterbrach und nach Violetta griff. Er nahm seine Frau hart am Arm und schüttelte sie heftig.

„Das ist kein Grund zur Freude für Lob! Das was Violetta hier angestellt hat, stellt alles bis Dato Angerichtete in den Schatten! Sie hat sich in Lebensgefahr begeben! Hat sich freiwillig den Händen dieser Barbaren ausgeliefert und sich ihnen feil geboten, wie Obst bei einem Marktstand! Sie ist meine Frau, verdammt, sie soll anfangen, sich auch so zu benehmen!" Wieder schüttelte er sie heftig durch. Er ignorierte Violettas Tränen, ihren verletzten Blick und zerrte sie weiter durch das Lager bis er seinen Waffenmeister gefunden hatte. „Ihr habt zugelassen dass meine Frau sich in tödliche Gefahr begeben hat! Ihr trugt die Verantwortung! Wie nur konntet ihr diesen

Hirnverbrannten Plan zustimmen!" Arthur schrie den alten Mann so laut an, dass es im ganzen Lager zu hören war. Arthur schrie immer weiter, ließ dem armen Mann überhaupt keine Gelegenheit, sich zu rechtfertigen. Endlich holte er Luft. Violetta riss sich von ihm los und rieb sich den schmerzenden Arm. Überaus wütend starrte sie ihren Mann an. „Der Waffenmeister hatte überhaupt keine Chance, mir den Plan auszureden! Und glaube mir, er hat es versucht! Ich bin es gewohnt, eigene Entscheidungen zu treffen, Mann! Ich habe mit Vaters Hilfe den Wein vergiftet, die Frauen zusammen gesucht, mir das Fuhrwerk besorgt. Dein Waffenmeister stand vor vollendeten Tatsachen!" Violetta hatte ihre Arme in die Hüfte gestemmt und ging wütend auf ihren Mann zu. „Und schließlich und endlich habe ich dir damit dein Leben gerettet! Ohne mein Messer und meine Ablenkung wäre euch beiden Helden" Sie spuckte das letzte Worte grob heraus, „wäre euch beiden Helden nie die Flucht gelungen, ihr würdet immer noch in dem Zelt liegen und auf euren Henker warten!" Sie hob ihren Fuß und wieder traf sie sein Schienbein. „Du hast Glück dass du so groß bist, sonst würde ich dir eine scheuern!" Sie wandte sich ab und rannte aus dem Lager, wissend dass Arthur viel zu wütend und gekränkt war von der Tatsache, sich von einer Frau das Leben hatte retten zu lassen, als dass er ihr folgen würde.

16. KAPITEL

Violetta rannte immer weiter in den dunklen Wald, nicht achtend wohin ihr Weg sie führte. An einer kleinen Lichtung blieb sie endlich stehen und rang nach Luft. Wie Dumm und Naiv sie gewesen war. Hatte geglaubt, Arthur würde sich freuen, sie zu sehen, zu wissen, dass sie so viel für ihn empfand, dass sie ihr Leben für ihn riskierte. In all den Wochen, die sie mit ihm zusammengelebt hatte, hatte sie gehofft, er hätte ihr Wesen erkannt und schätzen gelernt, hatte akzeptiert, wie selbstständig und klug sie war, kämpferisch und tapfer. Doch nichts von all dem war eingetreten. Arthur wollte noch immer ein kleines, braves Heimchen am Herd, eine Frau, die still und fügsam Zuhause saß und auf die erfolgreiche Heimkehr ihres Gemahls wartete. Sie fluchte unhöflich auf und spuckte wieder in den Waldboden. Ein leises Geräusch ließ sie aufschrecken, war Arthur ihr gefolgt, um sich zu entschuldigen? Ihr Herz klopfte bis zum Hals als sie sich umdrehte. „Ich bin hier Arthur" flüsterte sie leise.

„Ich bin`s Schwesterlein" Gilbert kam auf die Lichtung. In seiner Hand hielt er eine Fackel um den Weg zu leuchten. Er hielt die Fackel hoch und lächelte, als er das enttäuschte Gesicht seiner Schwester sah. Liebevoll schloss er sie in seine

Arme. „Du stinkst wirklich, Kleine. Hast dir alle Mühe mit deiner Verkleidung gegeben, wie mir scheint" Immer noch antwortete Violetta nicht. Gilbert griff in seine Tasche und förderte ein Taschentuch hervor um ihre Tränen zu trocknen. „Diesmal hast du wirklich den Vogel abgeschossen, Mädchen. Dein Mann ist tausend Tode gestorben, als er deine Stimme draußen vor dem Zelt gehört hat. Ich habe Arthur noch nie so wütend erlebt, wie in diesem Augenblick."

Endlich hatte Violetta sich etwas beruhigt. Sie löste sich von Gilbert und ging einige Schritte. „Mein Mann kennt mich überhaupt nicht, Gilbert. Ich glaubte und hoffte, er hätte sich die Mühe gemacht, mich und meine Welt zu verstehen, zu erkennen, dass ich für das Leben hinter einem Webstuhl nicht tauge. Ich hoffte, er würde mir das gleiche Vertrauen entgegen bringen, wie ich es von dir gewohnt bin." Violetta kam zu Gilbert zurück und strich ihm liebevoll durchs Haar. Sei ehrlich, Bruder. Du hast nicht eine Sekunde an mir gezweifelt, oder geglaubt dass ich versagen könnte, oder? Warum kann Arthur nicht ebenso viel Vertrauen zu mir haben?"

Gilbert seufzte leise auf, seine Schwester hatte anscheinend keine Ahnung, warum Arthur so wütend geworden war. Sie war in vieler Hinsicht immer noch so unbekümmert, wie ein Kind. „Arthur ist vor Sorge um dich fast durchgedreht, Kleine. Er hat sich geweigert, mit mir zu fliehen, unsere Männer zu suchen, weil er Angst hatte um dich Kind! Was, wenn der Häuptling dir Gewalt angetan hätte? Was, wenn er dich hätte töten lassen! Hast du daran überhaupt auch nur einen Augenblick gedacht, bevor du mit dem alten Fuhrwerk in das Lager gefahren bist?" Gilbert schüttelte seinen Kopf, als er den trotzigen Gesichtsausdruck seiner Schwester sah und wusste, er würde im Moment mit seinen Worten mehr schaden als helfen. Er kannte diesen Ausdruck zur Genüge. Doch er erschrak, als er den neuen, bitteren Zug um ihren Mundwinkel sah. „Hat Arthur dir erzählt, dass er mich bis vor kurzem für ein Luder, eine Schlampe und Hure gehalten hat? Dass er mich nur geheiratet hat, weil er dir sein Wort gegeben hat?" Sie hob ihre Hand, als Gilbert wütend seine Faust hob und gegen einen der Bäume schlug. „Unterbrich mich nicht, und sei nicht wütend auf Arthur, die Umstände unseres Kennenlernens sprachen eindeutig gegen mich und meine Moral." Ein kleines Lächeln erschien auf Violettas Gesicht. „Er musste Albert von mir runter zerren, der mir Gewalt antun wollte." Wieder hob sie ihre Hand um ihren Bruder zu beruhigen. „Arthur hatte die Situation völlig falsch verstanden und geglaubt es sei ein letztes Stelldichein mit meinem Liebhaber vor meiner Hochzeit gewesen." Sie lächelte wieder, wieder war der bittere Ausdruck in ihrem Gesicht. „Und auch nach unserer Hochzeit gab ein, zwei Situationen, die Arthur an meine Moral zweifeln ließen." Sie dachte an Luis, an ihr herumalbern mit Arthurs Männern. „Ich war so naiv, Bruder. Und Schuld daran hast du" Sie lachte über das erstaunte Gesicht ihres Bruders. Sie kam zu ihm und legte ihre Arme um seine Hüfte. „Ich habe bis vor kurzem geglaubt, alle Männer seien wie du. Ich dachte, ich könnte ebenso frei und unbefangen mit ihnen umgehen, wie mit dir. Ich ahnte nicht, dass eine einfache Berührung, ein Lächeln, ein unschuldiger Kuss auf die Wange für einen Mann etwas anderes bedeuten kann als Verständnis oder Freundschaft."

„Wie kann der Idiot glauben, meine Schwester sei moralisch verworfen? Wie kann er glauben, du seist nicht als Jungfrau in die Ehe gegangen? Ich werde ihn zum Duell fordern! Ihn umbringen!" Gilbert zitterte vor unterdrückter Wut.

„Und mich zur Witwe machen?" Violetta hatte ihre gute Laune wieder zurück. Mit einem Grinsen dachte sie die Zeit mit Arthur zurück. „Oh, es waren turbulente Wochen, Bruder, glaubt's mir. Ich habe es deinem Freund wahrlich nicht leicht gemacht, wollte ihn schon verlassen, wieder Heimkehren, oder lieber in ein Kloster gehen, als bei ihm zu bleiben." Violetta räusperte sich, lief leicht rot an. „Aber in der Zwischenzeit kennt er die Wahrheit. Er konnte sich persönlich von meiner Moral überzeugen." Ihre Stimme wurde dunkel und vibrierte. Ihr wurde warm, als sie wieder an Arthurs Umarmungen und seine Küsse dachte, wie er sie geliebt hatte.

„Arthur und du...ihr zwei...ihr habt euch gelie.." Gilberts Stottern ließ Violetta nun laut auflachen. „Geliebter Bruder, gehört das nicht in der Ehe dazu?" Sie seufzte leise. „Glaub es oder nicht, du hattest Recht als du mich zu dieser Ehe zwangst, ich habe mich tatsächlich in den Idioten verliebt." Sie stockte, als sie merkte, was sie eben ach so belanglos ausgesprochen hatte. Ihre Augen sahen verträumt ihrem Bruder an. „Ich liebe ihn wirklich, Gilbert." Sie griff ihren Bruder an der Hand und schwenkte ihn glücklich herum. „Ich habe mich tatsächlich in meinen Mann verliebt." Sie tanzte an seiner Hand und lachte leise auf. Was Arthur wohl dazu sagen würde?

Violetta grinste, als ihr etwas Wichtiges einfiel. „Hast du dieses wunderbare erotische Spiel mit Danielle nicht auch gespielt? Wie bitte wärst du sonst Vater eines gesunden kleinen…." Sie schwieg um ihren Bruder etwas zu ärgern. Gilbert hielt geschockt mitten im Tanzen inne, griff Violetta an den Schultern und schüttelte sie heftig durch. „Sag es, kleine Schwester, sag ob Junge oder Mädchen! Sag es, oder ich lege dich hier und jetzt übers Knie."

„Das wird ab sofort meine Aufgabe sein, Schwager!" Violetta und Gilbert drehten sich erstaunt um. An einem Baum gelehnt stand Arthur, die Arme verschränkt und grinste grimmig zu ihnen herüber.

„Wie lange stehst du schon da rum?" Violetta stemmte wütend ihre Arme in die Hüfte und starrte zu Arthur herüber. Weder Gilbert noch sie hatten sein Kommen bemerkt.

„Lange genug, um alles zu erfahren, was für mich wichtig ist. Alles im Allem ein höchst interessantes Gespräch, sehr aufschlussreich." Immer noch lehnte er am Baum, gab sich nicht die Mühe zu Violetta herüber zu kommen.

„Das war ein Privatgespräch! Es ging dich nichts an! Was ich mit Gilbert zu besprechen habe, hat dich nicht zu interessieren!" Violetta blieb auf der Lichtung stehen, die Stiefel fest auf dem Boden gestemmt. Ihre Augen funkelten böse.

„Das, holdes Weib, sehe ich anders! Es interessiert mich sogar sehr!" Arthur blieb immer noch am Baum gelehnt. Jetzt hob er seine Hand und wies auf den Boden vor sich. „Komm her!" Er verschränkte seine Arme wieder und starrte Violetta streng an. Sie erwiderte seinen Blick, zog zornig ihre Augen zusammen und rührte sich nicht vom Fleck. „Nie im Leben" zischte sie ihn wütend an. „Hol mich doch!" Kampfbereit hob sie ihren Fuß.

Gilbert spürte plötzlich dass es hier um mehr ging, als um eine Meinungsverschiedenheit, das diese Auseinandersetzung ausschlaggebend für die glückliche Zukunft seiner Schwester war. „Junge oder Mädchen?" drängend beugte er sich zu Violetta herunter. „Junge" antwortete sie, ohne ihren Blick von Arthur zu nehmen. Immer noch fochten beide einen stummen Kampf aus.

„Ich sage es zum letzten Mal: Komm auf der Stelle her, Weib!" Arthurs Stimme wurde lauter, energischer, ungeduldiger. Wieder wies er mit seiner Hand auf die Stelle vor seinen Füßen.

Gilbert wusste, würde Violetta jetzt nicht endlich ihren Stolz besiegen und ihrem Mann wenigstens jetzt, in diesem Moment gehorchen, würde sie alles verlieren, worum sie gekämpft hatte, weshalb sie sich heute in Lebensgefahr begeben hatte. Noch immer rührte Violetta sich nicht von der Stelle, doch Gilbert kannte seine Schwester, wusste, ihr Widerstand bröckelte. Sie kämpfte mit ihrem Stolz und brauchte einen Schubs in die richtige Richtung.

„Ein Junge? Wirklich ein Junge?" Gilbert griff die überrascht aufschreiende Violetta, schwenkte sie herum, tanzte, und warf sie mit einem Schwung in Arthurs Richtung. Violetta stolperte, verlor ihr Gleichgewicht und fiel direkt in Arthurs Arme. „Ein Junge, hast du gehört Arthur? Ich bin Vater eines Jungen!" Gilbert fand es an der Zeit, sich zurückzuziehen, beide Kampfhähne allein zu lassen. Er hatte seinen Beitrag geleistet, den Rest mussten beide alleine schaffen. „Das muss ich meinen Männern erzählen! Ich habe einen Thronfolger!" Er lief in den mittlerweile dunklen Wald und war schnell verschwunden.

„Warum nicht gleich so" Arthur hielt Violetta felsenfest, als diese sich von ihm frei machen wollte. Ihre Hände schlugen auf seine Brust, ihre Füße versuchten, ihn zu treffen, doch Arthur lachte nur leise auf, was sie noch wütender machte. „Ich bin nicht freiwillig zu dir gekommen, Arthur von Beneford. Mein Bruder ist ein elender Verräter!" schimpfte sie wütend. „Das bedeutet Rache!"

„Das ist egal, du bist zu mir gekommen, hast dich meinem Willen gebeugt, nur dass ist wichtig!" Arthur hob ihren Kopf und legte seinen Mund auf ihren. Er grinste, als sie ihre Lippen fest aufeinander presste, um zu verhindern dass seine Zunge Besitz von ihr ergriff. „Wehr dich nicht, Kleine. Danach habe ich mich so gesehnt." Seine Zunge umspielte ihre Lippen, koste ihre Nasenspitze und brachte sie zum Lachen. Wieder legte sich sein Mund auf ihren und seine Hand umfasste ihren Kopf, während er sie gierig küsste. Sie antwortete, ihre Zunge focht einen Machtkampf mit ihm, den sie verlor und sie sich schweratmend an ihn klammern musste. Auch sein Atem ging schnell, als er ihren Kopf hob und versuchte, in der Dunkelheit ihr Gesicht zu sehen. „Wiederhole, was du zu deinem Bruder gesagt hast!" befahl er ihr streng.

„Ich sagte, dass er Vater eines Jungen geworden ist" antwortete Violetta leise. Sie klammerte sich an ihn, ihre Hände krampften sich in seinen dicken Harnisch, der ihn während des Kampfes schützen sollte. Jetzt wurde seine Stimme energischer. Grollend schüttelte er sie sanft. „du weißt genau, was ich hören will, Weib!" Violetta ahnte, was Arthur hören wollte, was ihm wichtig war. Zitternd kämpfte sie mit ihrer Angst. Was würde passieren, wenn sie ihm ihre Gefühle beichtete? Wenn sie sich ihm völlig auslieferte? Sie schluckte schwer. Dann hob sie ihren Kopf, Tränen rannen über ihre Wangen. „Ich sagte, ich liebe einen Idioten?" Violetta flüsterte nur noch. Ihre Tränen hinderten sie daran, sein Gesicht deutlich zu sehen. „Ist es das, was du hören wolltest, holder Gemahl?" Sie schrie erschreckt auf, als Arthurs Arme sie noch fester umfingen, hochhoben und sie über die Lichtung trugen. „Genau das wollte ich hören, obwohl du den Idioten gerne mit meinen Namen ersetzen hättest können" Arthur trug sie zu einem kleinen Platz aus Moos und Zweigen, dort ließ er sie runter und begann, ihr Kleid aufzuknöpfen. Empört ging Violetta einen Schritt zurück, Arthur lachte leise auf und legte seine Hand um ihren

Nacken. Er hielt sie fest, während er ihr geschickt das Kleid herunterstreifte. Sein Mund legte sich wieder auf ihren, als er sie hochhob und auf dem Moos niederlegte. Leise fluchend kämpfte er mit seinem Harnisch, während seine andere Hand Violetta festhielt. Endlich hatte er sich des störenden Kleidungsstücks entledigt und legte sich neben sie. „Was soll das werden, Arthur! Ich sagte dir, dass ich dich liebe und du begehrst mich?" Violetta war verletzt und traurig. Sie versuchte sich von ihm zu befreien, von ihm abzurücken. Er durfte sie nicht wieder besitzen, seine Macht über ihren Körper erlangen, ohne dass er sie liebte. Sie, Violetta, würde daran kaputt gehen. Sie hatte ihm ihre Seele geschenkt und nichts dafür wieder bekommen, außer seinem Verlangen.

„Glaubst du, geliebtes Weib, ich hätte dich geheiratet, wenn ich dich nicht lieben würde? Glaubst du, ich hätte den ganzen Ärger mit dir auf mich genommen, wenn du mir nicht wichtiger wärst, als mein eigenes Leben?" Arthur hielt

Violettas Kopf in seinen Händen und zwang sie, in seine Augen zu sehen, um darin die Wahrheit seiner Worte zu erkennen. „Ich bin heute tausend Tode gestorben, als ich deine Stimme im Lager der Barbaren gehört habe. Ich war verrückt aus Angst um dich, Angst dich zu verlieren, ohne dich weiterleben zu müssen." Er beugte sich herunter und küsste die völlig verwirrte Violetta leidenschaftlich. Sie ließ den Kuss über sich ergehen, starrte ihn ungläubig an und versuchte, seine Worte zu begreifen. „Habe ich dich schockiert? Habe ich es zum ersten Mal geschafft, dich sprachlos zu machen?" Arthur lachte leise auf und kniff ihr frech in den Hintern. „Du liebst mich?" Endlich schaffte sie es, ihm zu antworten. Ihre Augen lasen in seinem Blick. Ein glückliches Grinsen ging über ihr Gesicht. „Ja, du liebst mich" Sie hob ihre Hände, zog seinen Kopf zu sich und küsste ihn wild. Ihre Hände fuhren über seinen Rücken, ihre Finger krallten sich in seinen Haaren, als er ihren Unterrock hochschob, seine Hände ihren Körper in Flammen versetzten.

Er strich an ihren Beinen entlang, seine Lippen suchten und fanden ihre Brüste und ließen sie laut aufstöhnen. „Du hast entschieden zu viel an, geliebtes Weib" Arthur fluchte leise, als seine Hand nicht weiter kam. Violetta lachte heiser auf, sie streifte ihre schweren Stiefel ab, und half ihm willig, sie von ihrer Unterkleidung zu befreien. Sie spreizte ihre Beine, als er seine Hand zwischen sie legte und wieder ein erotisches Spiel begann, das ‚wie Violetta nun wusste, in einem wild explodierenden Feuer enden würde. Ihr Körper reagierte, sie wand und rekte sich ihm entgegen, stöhnte leise auf, als er sich auf sie legte und Besitz von ihr ergriff. „Du gehörst mir, mir allein, Liebes" flüsterte Arthur heiser, als er in sie drang und sich tief in sie vergrub. „Hast du verstanden? Ich werde dich nie wieder gehen lassen." Seine Bewegungen wurden schneller, nur unter Mühe hielt er sich zurück, bis Violetta laut aufschrie, sich in seine Schultern krallte, und unkontrolliert zu zucken begann. „Ich liebe dich!" schrie sie laut auf, als ihre Welt um sie herum versank.

Tausende von Farben explodierten in ihr, ein unbeschreibliches Gefühl überkam sie, als Arthur sich laut aufstöhnend tief in ihr ergoss.

17. KAPITEL

Arthurs Kopf lag auf Violettas Hand, noch immer ging sein Atem unregelmäßig. Ihre Finger hatten sich in seinen Haaren gekrallt, lächelnd merkte Violetta, das er versuchte, sich zu befreien. Sie spürte die Schweißperlen auf seiner Stirn, als er sich auf seine Arme stützte und auf sie herab sah. „Es wird von Mal zu Mal noch besser. Es macht mich süchtig nach dir." Liebevoll küsste er sie auf die Nasenspitze. „Was überlegst du, geliebtes Weib?" Seine Finger strichen über ihr Gesicht, fuhren über die Konturen ihrer Augen, ihrer Nase und blieben an ihren Lippen stehen. Spielerisch biss sie in seinen Finger, nahm ihn in den Mund. „Ich überlege gerade, wann du dich in mich verliebt haben willst. Du hast mich doch erst einen Tag vor unserer Hochzeit kennengelernt."Wieder musste sie an den Tag ihrer ersten Begegnung denken, wie er sie vor Albert gerettet hatte. „Und das war nicht mein bester Auftritt, das steht eindeutig fest!"

Irritiert schrie sie auf, als Arthur jetzt in lauten Lachen ausbrach, sich erhob, sich anzog und sie in seine Arme riss. „Du hast wirklich keine Ahnung oder? Du weißt es wirklich nicht mehr, wo wir uns das erste Mal trafen? Nein, natürlich nicht, du warst ja noch ein Kind. Ich vergesse immer wieder, dass du wirklich so natürlich bist." Er beugte sich zu ihr herunter und küsste sie sanft auf den Mund.

Dann trat er zwei Schritte von ihr weg. Er verbeugte sich und grinste frech. „Schönste aller Frauen, darf ich es wagen, ihnen die schwere Kiepe abzunehmen, sie von ihrer Last zu erleichtern?" Er tat, als würde er einen schweren Korb anheben. „ Du bist das schönste Mädchen, das ich je gesehen habe." Arthur zog eine imaginäre Mütze von seinem Kopf und reichte ihr seine Hand. „Will der wütende Mann dort auf dem Pferd etwas von dir, Magd? Komm, versteck dich hinter meinen Rücken, ich werde dafür sorgen, dass er dich nicht findet."Arthur amüsierte sich köstlich über Violettas Gesicht. „Du warst so natürlich, so unschuldig und fröhlich, ohne jeden Hintergedanken, als du dich zu mir gesetzt hast, als wir mit dem Fuhrwerk zum Bauernhof fuhren. Du hast lachend von meinem Brot abgebissen, aus meiner Wasserflasche getrunken. Du hast überhaupt nicht gemerkt, wie ich versucht habe, mit dir zu flirten, dich zu verführen. Du hast mich schlichtweg ausgelacht damals. Ich merkte schnell, wie kindlich du noch warst. Du bist irgendwann müde in meinen Armen eingeschlafen. Ich hielt dich sicher an meiner Brust, und beschloss dir Zeit zum Erwachsen werden zu lassen. Ich hatte mich auf den ersten Blick in dich verliebt, und beschlossen dich mit mir zunehmen, auf mein Schloss. Dann, plötzlich erschienen die Soldaten deines Bruders auf dem Hof, Gilbert sprang von seinem Pferd riss dich aus meinen Armen und legte dich noch vor Ort übers Knie. Deinen hilfesuchenden Blick in meine Richtung werde ich nie vergessen." Arthur lachte wieder laut auf, er zog sie in seine Arme und hielt sie umfangen. „Ich wollte dir wirklich helfen, das kannst du mir glauben, doch dann erzählte mir einer der Soldaten, der mich zurückhalten musste, wer du wirklich warst, Prinzessin Violetta Alexandra von Hohenfels, dass Gilbert dein Bruder ist, und alles Recht der Welt hatte, dich zu züchtigen."

Ungläubig starrte Violetta ihren Mann an. Eine dunkle Erinnerung kam. Sie hob ihre Hand und strich ihm verwirrt über das Gesicht, suchte nach Worten. „Du, du warst der junge Mann, damals auf dem Feld? Du hast mich vor Gilbert versteckt, und mit mir dein Essen geteilt?" Violetta konnte es immer noch nicht begreifen, Arthur hatte sich schon vor Jahren in sie verliebt? Er hatte drei Jahre lang auf sie gewartet und hatte dann geglaubt, sie sei in den Jahren verdorben worden? Kein Wunder, dass er so wütend auf sie gewesen war.

„Ich hatte damals eine Wette gegen Hanna verloren und musste einen Tag wie ein Bauernbursche schuften. Zuerst war ich mehr als wütend, doch dann kamst du zum Feld und meine Laune besserte sich schlagartig. Ich ließ dich seit dem Tag nicht mehr aus den Augen, Violetta. Wann immer du das Schloss deines Bruders verlassen hast, habe ich dich beobachten lassen. Ich hatte riesige Angst, dass dir etwas zustoßen könnte." Arthur beugte sich herunter und reichte ihr das Kleid. Es wurde langsam kalt und er hatte Angst, sie würde sich erkälten. „Als

Gilbert Hilfe brauchte um die Barbaren zurückzuschlagen, kam ich ihm zu Hilfe, eine gute Möglichkeit, mit dir wieder in Kontakt zu kommen. Ich lud euch alle zu mir nach Beneford ein, doch du hast dich standhaft geweigert, die Einladung anzunehmen. Gilbert kam allein mit Danielle. Meine Enttäuschung war riesig, frag Hanna. Doch dann kam Gilbert mir unbewusst zu Hilfe. Er erzählte mir, dass er verzweifelt einen Mann für seine wilde Schwester suchte, ich erwählte dich und den Rest kennst du." Arthur half Violetta beim Anziehen, drehte sie um und begann, das Kleid zuzuknöpfen. „Dein Bruder weiß nichts von unserer ersten Begegnung, Kleines. Und dabei sollten wir es belassen, es sollte unser Geheimnis bleiben"

Er wunderte sich, dass Violetta plötzlich einen verschlagenen Ausdruck im Gesicht hatte und darauf nicht antwortete. Sie schien mit den Gedanken weit weg zu sein, als sie seinen sanften Kuss erwiderte. „Alles in Ordnung, Kleine?" fragte er vorsichtig und sie antwortete ihm mit einem strahlenden Lächeln. Sie umarmte ihn kichernd. „Es könnte wirklich nicht besser sein, geliebter Mann."

Er zog sie in seine Arme und führte sie den langen dunklen Weg zurück zum Lager seiner Männer. Seine Hand vergrub sich in ihrem Haar, als sie sich plötzlich zu ihm umwandte und ihre Arme um ihn schlang. „Danke" flüsterte sie leise. Eine Träne rann ihr herunter. „Danke, dass du gewartet hast, bis ich bereit und erwachsen war."

Sie näherten sich dem Lager, ein besorgter Gilbert kam ihnen entgegen. In der Hand hielt eine Fackel. Arthur zog verwirrt seine Augen zusammen, verstand nicht, dass Violetta sich fast grob von ihm löste, weil er sie nicht loslassen wollte, als ihr Bruder jetzt vor ihnen stehen blieb. Arthur überlegte verzweifelt, was nun passiert war, was in seiner Frau, die sich noch vor Sekunden glücklich an ihn geschmiegt hatte, vor sich ging. Sie blickte ihrem Bruder mit trotzigen, fast kaltem Blick entgegen, als dieser ihr mit der

Fackel ins Gesicht leuchtete. Wieder wollte Arthur ihre Hand nehmen, doch sie schlug nach ihm und blieb vor Gilbert stehen, die Arme schützend um ihren Körper geschlungen.

„Ich glaubte, ich hoffte, ihr hättet euch ausgesprochen, euch gefunden, aber wenn ich dich betrachte, Schwester, ist das Gegenteil der Fall!" Gilbert blickte von Arthur, der ratlos mit seinen Schultern zuckte, zu Violetta, die jetzt laut aufseufzte. „Wir haben uns ausgesprochen, Bruder, oh ja, das haben wir." Violetta holte tief Luft. „ Und es ist beschlossene Sache: Ich werde Arthur verlassen!"

Ihre Worte schlugen wie Kanonenkugeln ein. Beide Männer standen völlig regungslos vor ihr, wagten nichts zu sagen, diesen ungeheuren Ausspruch Violettas zu beantworten. Arthurs Augen waren voller Schock und Trauer, er wurde

Stocksteif und schluckte nur schwer, als Violetta sich nun zu ihrem Bruder wandte. „Erinnerst du dich noch an den jungen Mann, den ich damals vor gut drei Jahren auf dem Weizenfeld kennengelernt habe? In dem ich mich so heftig verliebt habe, das ich wieder ausgerissen war um ihn wiederzufinden? Erinnerst du dich, dass du mich daraufhin für Wochen in den Turm gesperrt hast?"

Gilbert nickte verwirrt mit dem Kopf. Sein Blick streifte kurz Arthur, er verstand nicht, dass dieser, der eben noch traurig und besorgt ausgesehen hatte, plötzlich nur unter Mühe ein Grinsen unterdrücken konnte. Sein Schwager verlor allem Anschein nach seinen Verstand. Gilbert seufzte, auch er war nahe dran, seine Nerven lagen bloß, Violetta schaffte ihn.

Er wandte sich wieder zu seiner Schwester. „Natürlich erinner ich mich! Du hast mir an dem Tag ein blaues Auge verpasst, als ich dich auf mein Pferd gesetzt habe! Du hast dich geweigert, mit Nachhause zu kommen. Ich musste dich einsperren, du bist eine Prinzessin, du durftest dich nicht mit einem dahergelaufenen Bauernburschen treffen! Du warst 15, der Kerl mindestens schon 26 Jahre!" „22" warf Arthur empört ein und erntete einen verwirrten Blick seines Schwagers. „Woher willst du das wissen!" schnauzte Gilbert ihn an und wandte sich erneut an Violetta. Arthur war ihm wirklich keine Hilfe. Gilberts Stimme war lauter geworden, er verstand seine Schwester nicht. Hatte sie ihm nicht erst vor einer guten Stunde, ihre Liebe zu Arthur gestanden? Was bewegte sie, jetzt von dieser alten Geschichte anzufangen, zu sagen, sie würde ihren Mann verlassen?

Gilberts Blick ging wieder zu Arthur, wollte dieser ihm nicht endlich helfen, seine Frau zur Räson zu bringen? „Hilf mir lieber, dem Trotzkopf Vernunft einzutrichtern!" brüllte Gilbert seinen Schwager verzweifelt an. Doch Arthur hatte sich nun abgewendet. Seine Arme verschränkt, bebten dessen Schultern unkontrolliert. Ob er weinte, weil Violetta von einem anderen Mann sprach? Nein unmöglich. Gilbert wurde unglaublich zornig, als Violetta nun ihre Arme in die Hüfte stemmte und sich vor ihm aufbaute. Ihre Augen blitzten, ihre Stimme wurde ebenso laut wie seine. „Ich habe ihn endlich wiedergefunden! Ich habe den Bauernburschen wiedergetroffen, gemerkt dass ich ihn wirklich vom ganzen Herzen liebe und werde mit ihm leben, Bruderherz. Nichts und niemand kann mich davon abhalten, mit dem Bauernburschen wegzugehen!"

Gilbert fasste Violetta und schüttelte sie grob durch. Seine Wut kannte keine Grenzen. „Das wirst du nicht tun! Du bleibst bei Arthur! Oder ich sperre dich auf Lebenszeit in ein Kloster! Du wirst nicht wie eine Magd leben!"schrie er zornig.

„Oh doch, ich mache was ich will!" Violetta hob ihren Fuß und trat ihrem Bruder mit Wucht gegen das Schienbein. Sie riss sich von ihm los und stand nun vor Arthur. Sie zwinkerte ihm zu, sah wie dessen Schultern vor Lachen bebten. „Wenn du dich rächst, geliebtes Weib, dann richtig." Flüsterte er ihr zu und versuchte zu Atem zu kommen, immer wieder schüttelte ihn ein Lachanfall. „Reiß dich zusammen, du verdirbst alles" zischte Violetta ihn an, und brachte Arthur damit noch mehr zum Lachen.

Gilbert fluchte, hielt sich sein schmerzendes Schienbein und kam zu beiden herüber gehumpelt. „Sag auch mal was, Arthur. Sprich endlich ein Machtwort! Sag ihr, dass sie das nicht machen kann!" Gilbert blieb vor Arthur stehen und ließ fassungslos die Fackel fallen, als dieser Violetta griff, sie hoch hob, küsste und im Kreis drehte. Arthurs Lachen schallte durchs Lager. Er presste Violetta an sich und sah triumphierend zu seinem Schwager. „Wenn Violetta das unbedingt will, wenn sie unbedingt den Bauernburschen haben möchte, ihn mehr liebt als mich, werde ich mich ihr nicht in den Weg stellen. Dann, lieber Schwager, wirst du sie wohl gehen lassen müssen." Er trug Violetta durch das Lager zu seinem Zelt. „Aber, aber, aber das ist nicht...Arthur, ich verstehe nicht, wartet, wir sind mit dem Gespräch noch nicht zu ende. Violetta!!...." Gilbert humpelte hinter ihnen her. Aufgebracht schrie er seinen Zorn heraus und fuchtelte wütend mit seinen Armen in der Luft, als Arthur Violetta vor dem Zelt abstellte und sie hinein schob. „Meine Frau hatte einen anstrengenden Tag, Schwager, wir werden uns morgen weiter darüber unterhalten" Arthur ließ Gilbert einfach stehen, verschwand ebenfalls im Zelt, riss Violetta an sich und brüllte vor Lachen. Er warf sich auf das Feldbett, riss sie mit sich. Sie lag auf ihm, ihre Hände um seinen Hals verschränkt und lachte. Die Tränen liefen ihr übers Gesicht, nur unter Mühe gelang es ihr zu sprechen. „Das wird meinem lieben Bruder eine schlaflose Nacht bereiten. Er wird garantiert kein Auge zu machen, aus Angst, ich würde dich wirklich verlassen." Sie lachte wieder auf, ein gehässiges Grinsen auf den Lippen, dass Arthur ihr schnell wegküsste, sich drehte, dass sie unter ihm zu liegen kam. „Dein Bruder wird verrückt werden, weil er nichts von all dem begreift, was hier vor sich geht. Wenn du dich rächst, dann richtig, Liebste. Aber das sagte ich schon, oder?" Er griff zur Kerze und löschte das Licht. „Aber glaube nicht, dass du heute Nacht mehr Schlaf als dein Bruder bekommst."